LA MORSURE DU LOUP-GAROU

DES LYCANS DANS LA VILLE
TOME 2

EVE LANGLAIS

Original English version: Big Bad Gruff 2022 Eve Langlais

Traduit: La Morsure du loup-garou © 2022 Eve Langlais

Couverture réalisée par © by Melony Paradise of ParadiseCoverDesign.com 2022

Traduit par Viviane Faure et Valentin Translation

Produit au Canada

Publié par Eve Langlais

http://www.EveLanglais.com

ISBN livre électronique: 978-1-77384- 3971

ISBN livre pochet: 978-1-77384-988

Tous Droits Réservés

Ce roman est une œuvre de fiction et les personnages, les événements et les dialogues de ce récit sont le fruit de l'imagination de l'auteure et ne doivent pas être interprétés comme étant réels. Toute ressemblance avec des événements ou des personnes, vivantes ou décédées, est une pure coïncidence. Aucune partie de ce livre ne peut être reproduite ou partagée, sous quelque forme et par quelque moyen que ce soit, électronique ou papier, y compris, sans toutefois s'y limiter, copie numérique, partage de fichiers, enregistrement audio, courrier électronique et impression papier, sans l'autorisation écrite de l'auteure.

PROLOGUE

Des années auparavant, quand Billy était gamin...
— Salope, je vais t'en donner moi, des raisons de geindre !
— Va te faire voir ! hurla-t-on en réponse.
Allongé sur son lit, Billy écoutait ses parents s'engueuler. Encore. Il aurait dû y être habitué depuis le temps. Après tout, les engueulades remontaient à aussi loin qu'il pouvait s'en souvenir, généralement pour des trucs idiots.

Par exemple, ce soir sa mère avait fait un pain de viande, ce que personne n'aimait, et pourtant ils y avaient droit au moins une fois par semaine parce que quand le bœuf haché était en promo, ça coûtait que dalle – d'après elle. Pour rendre ça mangeable, il fallait des masses de ketchup, une pleine foutrée, selon l'expression de son père, mais quand celui-ci avait voulu en faire couler sur le morceau de viande tout sec, tout ce qu'il avait réussi à obtenir était un bruit de pet et une vague éclaboussure rouge.

Il avait frappé la table du flacon en grinçant :

— Va m'en chercher un autre.

Ce qui avait conduit sa mère à répondre :

— Je n'en ai pas. Je ne fais pas les courses avant la semaine prochaine.

Pas de ketchup ? Billy avait jeté un coup d'œil à sa ration de viande en grimaçant intérieurement. Le sel ne faisait pas de miracles.

— Je peux pas bouffer ça, putain.

Son père avait repoussé son assiette, la mâchoire crispée par une moue mécontente.

— Arrête de faire le bébé. J'ai des paquets de ketchup dans la voiture. Billy, va les chercher.

Il avait aussitôt pris la fuite pour rejoindre le véhicule rouillé, garé devant le mobile home. La portière arrière était maintenue en place par du gros scotch. La dernière fois que les flics l'avaient contrôlée, ils avaient dit à sa mère de la mettre à la casse, mais elle leur avait répondu, « c'est la mienne, et je la conduis si je veux ». Elle refusait de s'occuper des PV fourrés dans sa boîte à gants.

Billy fouilla la voiture en vérifiant la boîte à gants, le tableau de bord, et même le sol, à la recherche de dosettes de ketchup. Il en trouva trois de vinaigre, des tonnes de sel, un peu de poivre, et deux sachets de ketchup d'âge douteux.

Il les ramena à l'intérieur et les laissa tomber sur la table. Son père s'en empara et les déversa sur son morceau de bidoche désormais froide. Il y avait à peine assez de la sauce rouge pour deux bouchées. Son père contempla ça en grimaçant.

— C'est n'importe quoi. Comment je suis censé manger cette merde ?

Billy aurait préféré ne pas avoir à le faire non plus, mais ça ne ferait que rendre les choses encore plus difficiles. Alors il feinta et fit semblant de manger en laissant tomber les morceaux par terre où leur gros pitbull, Buddy, les dévorait. Ce n'était pas très bon signe que seul le chien aime ça.

— Ce n'est pas si mauvais, déclara sa mère.

Elle prit une fourchette et mâcha la bouche ouverte pour prouver ses dires.

Ça passa mal. Son père avait faim après sa journée de travail, et il était en rogne.

— Ne sois pas insolente avec moi, grosse feignasse. Je travaille toute la journée et quand je rentre, je me retrouve avec cette merde.

L'assiette vola de la table et atterrit dans un bris de vaisselle.

Sa mère se leva de table.

— Enfoiré. Tu crois que j'ai le temps de te faire de bons petits plats ? Je bosse aussi.

— Comme caissière, ricana son père.

— Ce qui est plus dur que foutre des poubelles dans un camion.

— Au moins, je ramène un bon salaire, contra son père qui se leva à son tour et fusilla sa femme du regard.

Elle renifla.

— Que tu bois ou perds au poker. C'est moi qui paie la plupart des factures et qui fais tous les repas.

— Parce que c'est le rôle de la femme.

C'était le moment où Billy commençait à s'extraire prudemment de sa chaise, sans faire de bruit, pour ne pas que ses parents le remarquent et l'entraînent dans la prise de bec qui s'annonçait.

Ils se faisaient face, en chiens de faïence.

— Sale connard macho ! rétorqua sa mère.

— Dit la bonne femme qui passe presque jamais l'aspirateur.

— Parce que ça te tuerait de le faire une fois de temps en temps ? Je fais tout ici.

Et c'était parti…

Billy se cacha dans sa chambre, comme à son habitude, pendant que ses parents se battaient. C'était des heures et des heures de cris qui se calmaient pour revenir de plus belle. De bris d'objets cassés. Et puis le pire, le sexe quand ils se réconciliaient. Bruyant, turbulent, il n'y avait pas moyen d'étouffer le son.

Pas moyen d'échapper à cette famille infernale. Ses parents avaient beau se détester, ils refusaient de divorcer.

Et le cycle de violence se poursuivit jusqu'au jour où ils décidèrent de s'engueuler en voiture sur l'autoroute, avec Billy sur la banquette arrière. La ceinture lui sauva la vie.

Ses parents, hélas, ne survécurent pas à l'accident.

Ça aurait pu être terrible pour un adolescent de se retrouver soudain aux mains des services sociaux. Ça se révéla une bénédiction. Avec sa famille d'accueil, Billy eut enfin trois vrais repas par jour — des repas délicieux — sans compter le goûter. Plus de pain de viande. Plus de cris et de disputes. Il était même devenu ami avec les garçons qui vivaient dans le grand ranch à côté.

Après ses études, il était devenu flic, inspecteur pour être exact, ce qui s'était révélé être un sacré atout pour sa meute quand il avait été mordu et était devenu un loup-garou.

CHAPITRE 1

— C'est tellement injuste, marmonna Brandy après une énième recherche en vain sur comment devenir une louve-garou.

Pourquoi il n'y avait que les garçons qui pouvaient devenir tout poilus à la pleine lune ? Franchement, quiconque aurait vu ses jambes et ses aisselles quand les Anglais débarquaient aurait pu accepter sans sourciller qu'elle ait dû être un métamorphe poilu. Mais non, elle n'était que cette bonne vieille Brandy Herman, une infirmière dans la trentaine, et les seules choses dont elle pouvait se vanter c'était de savoir réciter l'alphabet en rotant et faire un pain de viande incroyable.

— Combien d'autres rendez-vous aujourd'hui ? demanda Maeve en s'appuyant sur son bureau.

Elle toussa un peu dans sa main. Ce n'était pas la première fois de la journée. La meilleure amie de Brandy avait commencé à avoir l'air patraque au milieu de l'après-midi. Elle pinça les lèvres.

— Aucun, parce que tu rentres chez toi.

— Je ne peux pas. Mrs Johnson a besoin d'une nouvelle ordonnance.

Brandy lui fit glisser la fiche.

— Que j'ai déjà imprimée, tu n'as qu'à signer là, déclara-t-elle en pointant l'endroit du doigt. Alors plus d'excuses. Va te mettre au lit. Tu ne vas quand même pas être malade pour ton mariage.

C'était dans moins d'une semaine et Brandy n'avait toujours personne pour l'y accompagner. Heureusement, il y aurait quelques mecs célibataires parmi les invités. Dommage que la plupart d'entre eux soient déjà dans la *friend zone*.

— Je ne sais pas ce qui ne va pas. Ça m'a pris si soudainement, dit Maeve en se laissant aller.

— Ça doit être une nouvelle mutation du corona. Je vais déplacer tes rendez-vous de demain. Entre ça et le week-end, ça devrait te laisser le temps de te remettre.

Maeve hésita.

— Je ne veux pas te laisser toute seule.

Leur secrétaire, Marco, était en vacances avec son mari.

— Je serai partie avant le dîner. Il me reste juste quelques petites choses à gérer. Ça ira.

Maeve mâchonna sa lèvre inférieure.

— Tu es sûre ?

— File avant que j'appelle Griffin.

— Non. Il voudra me porter jusqu'à la maison.

Ça tira un grand sourire à Brandy.

— On essaie ? On sait toutes les deux que dès qu'il se sera rendu compte que tu es malade, il te dorlotera comme pas possible.

— C'est sûr.

Maeve prit son manteau avec un sourire.

Si seulement Brandy avait pu en faire de même. Il était temps qu'elle se trouve un type qui la fasse fondre. Malheureusement pour elle, le type qui embrasait sa culotte se tenait bien à l'écart d'elle.

— Envoie-moi un SMS quand tu seras chez toi, réclama-t-elle.

Maeve ne vivait qu'à quelques rues de là, mais comme elles s'étaient toutes les deux fait kidnapper par des enfoirés qui voulaient s'emparer d'un trésor familial, elles faisaient un peu plus attention qu'avant à la sécurité. Éviter de se faire enlever par des dingues à l'avenir semblait une bonne idée.

— D'accord, et puis je verrai si Ulric peut passer pour que tu ne sois pas toute seule.

— Ne sois pas absurde. Je m'en sors. Il va juste salir mon bureau avec ses grands pieds.

Pendant un temps, Brandy avait envisagé de sortir avec Ulric. Il était responsable de la sécurité pour le fiancé de Maeve, Griffin, le chef alpha de la meute qui était également propriétaire d'un commerce de cannabis.

Mes amis sont trop cool.

Des amis platoniques. Ulric était beau gosse, c'était un loup-garou, et il était gentil. Le seul problème ? Elle le voyait davantage comme un frère qu'un amant.

— Mets le verrou.

— Oui, et toi, tu m'envoies un SMS à la seconde où tu es chez toi.

— Oui, maman, promit Maeve en levant les yeux au ciel avant de partir.

Brandy enclencha le verrou et se mit au travail avec

efficacité pour décaler les rendez-vous. Une seule personne se plaignit. Elle mentionna la phrase « possible infection de coronavirus » et soudain, le rendez-vous que Mr Lambskin réclamait ne fut plus si urgent. Ce n'était pas comme s'il était vraiment malade. Il aimait juste venir au moins une fois par mois pour exiger que Maeve lui fasse faire une batterie de tests parce qu'il s'était convaincu qu'il était victime d'un nouveau mal. Il aurait fallu lui couper sa connexion Internet.

Un paquet arriva et il fallut signer le reçu. Elle se débrouilla pour faire rentrer le carton dans la réserve. Alors qu'elle revenait à son bureau, son téléphone sonna.

Quelques emails apparurent, surtout des spams où l'on essayait de convaincre leur cabinet d'essayer des produits médicaux. Quelques demandes de nouveaux patients, et un qui était franchement inquiétant vu qu'il disait juste : *On se voit bientôt*. Elle bloqua aussitôt le contact et effaça le message. Elle en avait reçu une douzaine au cours de ce dernier mois, qui allaient de *Je te surveille* à *Nous sommes faits l'un pour l'autre*.

C'était désarçonnant, pourtant elle n'en avait pas parlé à Maeve. Sa meilleure amie avait assez de choses à gérer comme ça. Après tout, elle était fiancée à un loup-garou.

Trop la chance.

Brandy attrapa son sac à main et sa veste, prête à partir, au moment où la porte s'ouvrit. Elle n'avait pas remis le verrou après avoir pris le paquet ? Apparemment pas.

Elle pivota sur elle-même.

— Nous sommes fermés…

Une bourrade l'envoya voler contre le comptoir de l'accueil et elle se débattit alors que des mains la saisissaient.

— Lâchez-moi ! glapit-elle en parvenant à se dégager. Elle virevolta pour voir son agresseur.

Des yeux rendus brillants par l'addiction la fixaient au milieu d'un visage tiré et creux. Une odeur putride s'éleva de sa bouche aux dents cariées quand il demanda :

— C'est où ?

Brandy avait travaillé aux urgences pendant assez d'années pour savoir ce qu'il voulait.

— Nous n'avons pas de drogues ici.

— Menteuse. On est chez un toubib. Où c'est ? Il me faut un truc.

Il plongea vers elle.

Brandy était raisonnablement sportive et elle avait pris des cours d'autodéfense. Ça ne suffira pas face à quelqu'un qui avait désespérément besoin de sa dose, faisait montre d'une force exceptionnelle et d'une absence d'empathie. Elle frappa ses mains tout en se débattant, gigotant, coincée contre le bureau. Il fallait qu'elle évite qu'il l'agrippe.

Il bougeait vite et parvint à saisir son cou d'une main. Avant qu'elle puisse se libérer, il serrait déjà avec la deuxième. Elle s'accrocha à lui en hoquetant, les yeux écarquillés.

Je vais mourir.

Il la poussa en arrière et la renversa sur le bureau, collé à elle.

La panique la submergea et elle griffa sa main pour se libérer. Il lui postillonna au visage en grinçant.

— Donne. File-moi ce que t'as.

Elle ne pouvait pas répondre, mais même si elle l'avait pu, elle n'avait rien à lui donner. Il fit cogner sa tête contre le bureau.

— Donne !

C'est ce qu'il voulait ? Alors qu'il le prend. Elle parvint enfin à appuyer son genou contre quelque chose et se souleva pour le frapper.

Le coup aurait mis la plupart des hommes à terre, mais il ne tira qu'un hoquet puant au toxico. Elle faillit vomir et roula sur le côté pour échapper à son haleine, et c'est là qu'elle vit l'agrafeuse au milieu des dossiers qu'elle était en train de classer.

Elle l'attrapa et donna un coup avec. Elle manqua sa cible, mais le toxico recula suffisamment pour la laisser se dégager et mettre un peu de distance entre eux, assez pour qu'elle puisse trouver une arme. La seule chose qu'elle pouvait attraper pour le frapper ? Son écran d'ordinateur.

Il vacilla et secoua la tête. Il était trop shooté pour se rendre compte qu'il avait peut-être des soucis.

— Salope. Donne-moi ce que je veux.

— Je t'ai dit qu'il n'y avait rien ici.

Elle appuya sa déclaration d'un autre coup d'écran, et lâcha au moment de l'impact. Cela se révéla suffisant.

Le toxico violent s'affaissa en un petit tas et elle se tint au-dessus de lui pour le fusiller du regard.

— Quand c'est non, c'est non.

C'est seulement alors qu'elle aperçut l'éclat d'un couteau dans sa poche et qu'elle comprit. Elle avait eu de la chance. Il aurait pu choisir de la poignarder plutôt que d'essayer de lui enfoncer le crâne.

Ses doigts se portèrent à sa tempe douloureuse et elle déglutit, la gorge endolorie. Elle reposa l'écran sur son bureau et attrapa son téléphone. Elle appuya sur neuf et hésita, le doigt au-dessus du un.

Si elle appelait les secours, elle était bonne pour les flics qui voudraient prendre sa déposition et il y en aurait sûrement pour des heures, sans compter la paperasse, alors qu'elle aurait pu être blottie sur son canapé avec son chaton, à se faire les restes du traiteur chinois en regardant *Warrior Nun* sur Netflix. Sans mentionner que ce serait beaucoup d'embarras pour rien. La police avait tendance à relâcher dans la nature ce qu'elle jugeait être de petits délinquants. Le fait qu'elle ait réussi à venir à bout de son agresseur ne plaidait pas en sa faveur. Plus elle y réfléchissait, moins elle avait envie de voir les forces de l'ordre. Le souci, c'est qu'elle ne pouvait pas franchement laisser ce cambrioleur amateur sur le sol du bureau ni le balancer simplement dans la rue.

Si elle appelait Maeve, celle-ci se précipiterait, malade ou pas. Et à peu près tous les gens qu'elle connaissait et qui n'y regarderaient pas à deux fois si elle leur demandait de déplacer un corps iraient le répéter à Maeve. Traîtres.

Ça ne lui laissait qu'une seule option. S'il répondait au téléphone. Ce qui n'était pas le cas. Alors à la place, elle envoya un SMS. *Agressée au bureau. Besoin d'aide.*

La réponse arriva en quelques secondes. *J'arrive.*

Juste au cas où le toxico se réveillerait avant la venue de la cavalerie, elle s'empara d'un rouleau de sparadrap et lui lia les chevilles et les poignets pour faire bonne mesure.

Ensuite, elle s'assit et attendit le si sexy et si distant Inspecteur Billy Gruff. Oui, elle avait bien ri intérieurement en entendant son nom pour la première fois. Quelle idée de donner un nom pareil à un gamin[1].

Mais elle n'avait jamais blagué là-dessus à voix haute, en bonne partie parce qu'elle était trop occupée à flirter avec ce mec sexy dans son costume pas à sa taille. Ils s'étaient rencontrés pour la première fois quand Griffin Lanark, le fiancé de Maeve, s'était retrouvé aux urgences pour blessures par balles. Ils n'étaient pas fiancés à l'époque, bien sûr. C'était une histoire de patient tombé amoureux de son médecin.

Quand un bel inspecteur était venu poser des questions, Brandy avait battu des cils et marqué clairement son intérêt.

L'inspecteur Gruff avait ignoré son flirt et s'était comporté comme s'il n'était pas du tout intéressé, alors même qu'il lui donnait sa carte avec son numéro de portable au cas où elle aurait besoin de le contacter. Il y avait eu quelques soirées où elle avait presque été tentée de lui envoyer des sextos pour voir s'il rentrerait dans son jeu.

Au lieu de quoi, elle s'était retrouvée à lui demander de l'aide quand Maeve et elle avaient été capturées par des malfrats qui voulaient un livre de recettes familiales qui valait une fortune. Il était venu à la rescousse avec quelques amis, et c'était comme ça qu'elle avait découvert que le beau Billy Gruff n'était pas une chèvre, mais un Lycan. C'est-à-dire un loup-garou poilu sur quatre pattes. Cela ne l'en rendait que plus sexy d'après elle. Malheureusement, ce n'était pas réciproque.

Cela faisait quelques mois qu'elle le connaissait, mais elle ne le voyait pas souvent parce qu'elle n'était quand même pas prête à commettre un crime pour se retrouver dans une salle d'interrogatoire en tête à tête avec lui. Mais voilà qu'elle avait une vraie raison de l'appeler à l'aide. Tout en gardant un œil sur le type inconscient au sol, elle sortit ce qu'il fallait de son sac à main pour rafraîchir son gloss et se brosser les cheveux. Elle prit aussi un chewing-gum. Les loups-garous avaient un odorat très développé, non ?

Plus vite qu'elle ne s'y attendait, on frappa à la porte qu'elle avait oublié de verrouiller comme une idiote. De nouveau. Heureusement que personne n'était venu. Il lui aurait été difficile d'expliquer la présence du type qu'elle avait pris soin de ligoter avec du sparadrap.

Elle marcha jusqu'à la porte et l'ouvrit sur l'inspecteur à l'air débordé. Il l'examina des pieds à la tête.

— Est-ce que ça va ?

Elle faillit répondre « Beaucoup mieux depuis que tu es là », mais elle voulait son aide et pas lui faire prendre la fuite.

— Oui. Rentre, vite.

Elle poussa le verrou dès qu'il fût à l'intérieur. Plus de surprises. L'inspecteur considéra le drogué d'un air mauvais.

— Je ne sais pas trop pourquoi tu m'as appelé, on dirait que tu t'es débrouillée toute seule.

— J'ai besoin d'aide pour me débarrasser de lui.

— Appelle les secours.

— Oh, je t'en prie. Des heures de paperasses pour

qu'on le relâche demain matin ? Tu fais partie de la mafia des loups d'Ottawa. Tu ne devrais pas faire quelque chose ?

Il pinça les lèvres.

— C'est un toxico. Ce qu'il lui faut, c'est une cure de désintox.

— C'est un criminel dépourvu de morale qui a essayé de m'étrangler et de me défoncer le crâne pour obtenir de la drogue, quand bien même je lui disais qu'on n'en avait pas, souffla Brandy, agacée qu'il nie comme ça le danger.

L'inspecteur se tourna enfin vers elle et son regard s'attarda sur sa gorge qui lui faisait presque aussi mal que sa tête. Elle aurait de beaux bleus le lendemain.

Billy crispa la mâchoire.

— Tu as dit que ça allait.

— Ça va. En gros. Rien que quelques antidouleurs ne puissent faire passer.

— Il t'a fait mal, constata-t-il, sinistre.

Elle haussa les épaules.

— Oui, mais dans les bonnes nouvelles, je ne saigne pas et je ne suis pas mourante.

Le type poussa un petit gémissement et Billy se détourna d'elle pour regarder la silhouette prostrée au sol.

— Je m'en charge. Rentre chez toi.

— Qu'est-ce que…

— Rentre. Chez. Toi.

— Mais je peux t'aider.

Il étrécit les yeux.

— Maintenant, Brandy.

En dépit de son agacement évident, elle avait envie

de remettre en place la mèche de cheveux sombres qui venait de tomber sur son front. Ce n'était sans doute pas le bon moment. Il risquait de lui bouffer la main.

— Je te proposais juste de l'aide. Pas la peine de m'aboyer dessus, grommela-t-elle.

Elle enfila son manteau et prit son sac à main.

— Où est-ce que tu es garée ? demanda-t-il.

— Je n'ai pas de voiture en ce moment.

Le moteur de la dernière avait lâché et elle avait traîné à la remplacer puisqu'elle pouvait venir au travail à pied désormais.

Il fronça les sourcils.

— Comment tu rentres chez toi ?

— Sur mes jambes ? C'est comme ça que je garde un fessier bien ferme.

Elle lui adressa un clin d'œil coquin et les narines de Billy frémirent.

— Je te ramène.

— Pas la peine, protesta-t-elle en secouant la tête. Ce n'est pas loin.

— Monte dans ma voiture, Brandy.

— Et, heu…

Elle désigna le toxico.

— Je te ramène chez toi, c'est tout. Je suis garé devant. Il lui tendit un trousseau de clés.

— Ouvre le coffre une fois que tu seras dedans.

— Tu vas vraiment le foutre dans ton coffre ?

— Comment je suis censé m'en débarrasser autrement ?

— On ne peut pas le faire sortir par devant. Il ne fait pas encore tout à fait nuit. Les gens vont nous voir. Je vais ramener ta voiture derrière. Retrouve-moi à la porte de service.

Les lèvres de Billy formèrent une ligne fine.

— On va y aller tous les deux.

Elle posa une main sur son bras.

— Ne sois pas absurde. Je serais hors de ta vue pour genre trente secondes.

— Mmph, grogna-t-il en guise de réponse.

Il l'accompagna jusqu'à la porte et se tint sur le seuil tandis qu'il la regardait se mettre au volant. Le temps qu'elle fasse le tour du bâtiment et vienne se garer dans l'allée à côté de la porte de service, il l'attendait déjà là.

Il se pencha et elle entrouvrit la fenêtre.

— Eh, beau gosse, besoin que je te dépose quelque part ? taquina-t-elle.

Sans l'ombre d'un sourire, il répliqua :

— Ouvre le coffre.

Il lui fallut une seconde pour trouver le bouton. Elle appuya dessus et sortit de voiture, en faisant de son mieux pour repérer s'il y avait des caméras de sécurité. Il n'y avait que celle au-dessus de leur porte, et elle savait que le technicien de Griffin y avait accès.

Billy sortit avec un gros sac en tissu et le fourra dans le coffre. Suivi d'un autre, ce qui fit froncer les sourcils à Brandy.

— C'est bon, tout le linge est là ? demanda-t-il en articulant bien.

Elle comprit vite.

— Oui, merci de me donner un coup de main. C'est ma faute, j'ai oublié de prévenir la blanchisserie.

Il ferma la porte de la clinique, s'assura qu'elle était bien verrouillée, et s'installa au volant. Elle s'était déjà glissée côté passager. Pour dire vrai, elle ne se sentait pas super en forme. Sa tête et sa gorge lui faisaient mal maintenant que l'adrénaline de la panique refluait. Un frisson la prit.

— Tu as froid ? demanda-t-il comme s'il l'avait senti.

Avant qu'elle puisse répondre, il alluma le siège chauffant et monta le radiateur dans la voiture. Il sortit de l'allée et prit à droite sans avoir à demander. Ce n'était pas la peine qu'elle lui donne son adresse, visiblement, l'inspecteur la connaissait déjà. Parce qu'il l'avait dans le collimateur ou, plus probable, parce que cela faisait partie de son travail en tant que personne qui gérait la sécurité de Griffin et sa meute.

— Tu es trop silencieuse, remarqua-t-il. Ta gorge est serrée ? Tu respires comme il faut ?

— Je vais bien.

Sa voix était à peine râpeuse. Comme pour prouver qu'elle avait toute sa tête, elle ajouta :

— Mais ne te prive pas de me faire du bouche-à-bouche si tu es inquiet.

Le crissement soudain des freins la fit sursauter alors qu'il s'arrêtait devant la maison divisée en appartements où elle s'était installée au second étage.

Il tapota le volant de ses doigts.

— Ferme à clé quand tu seras à l'intérieur.

— Oui, Monsieur.

Elle esquissa un salut militaire ironique.

— Merci d'être venu me sauver.

— La prochaine fois, appelle les flics, répliqua-t-il sèchement.

Cela lui valut un sourire à fossettes.

— C'est ce que j'ai fait. Je t'ai appelé.

Il la regarda fixement.

— Merci encore, Inspecteur Gruff.

— Appelle-moi Billy.

Il sembla le regretter à peine l'avait-il dit, car il fronça les sourcils.

— Merci, Billy.

Elle ouvrit la portière côté passager mais avant qu'elle puisse en descendre, Billy était là, devant elle, et lui tendait la main. La vache, cette rapidité. Il la tira sur ses pieds et ne la lâcha pas tout de suite.

Elle leva les yeux vers lui.

— Merci encore. Je ne pourrais pas dire quand était la dernière fois qu'un gentleman m'a aidée à sortir d'une voiture.

La galanterie avait disparu au cours de cette dernière décennie. Ce qui était une bonne chose, car cela voulait dire que les femmes étaient traitées de manière plus égale. Mais c'était quand même un peu dommage.

— Deuxième étage, hein ? demanda-t-il en regardant les escaliers.

— Oui.

Elle partit vers les escaliers et ne fut pas si surprise de constater qu'il la suivait de près. Le petit balcon devant sa porte était à peine assez grand pour eux deux. Elle sortit les clés de son sac, mais sa main tremblait. Pas à cause de l'agression. Être si proche de Billy lui faisait de l'effet. Il déverrouilla la porte pour elle et l'entrouvrit avant de lui rendre ses clés.

— Tu es sûre que ça va ? demanda-t-il. Peut-être qu'on devrait demander à Maeve de venir t'examiner.

Elle renifla.

— Tu es conscient que je sais aussi établir un diagnostic ? Je n'ai pas de traumatisme crânien.

— Tu ne peux pas en être sûre, répliqua-t-il.

— Pas de nausée, je ne vois pas double, je ne suis pas perdue. Aucun symptôme à part le crâne douloureux.

— Tu veux que je reste un peu ? proposa-t-il.

Elle avait vraiment, vraiment envie de dire oui.

— C'est sans doute pas une bonne idée vu ce que tu as dans ton coffre.

Billy baissa les yeux, les lèvres pincées.

— Je vais y aller, alors.

Il avait à peine fait un pas qu'elle lâcha :

— Eh, tu ne voudrais pas être mon cavalier pour le mariage ?

Il haussa les sourcils.

— Quoi ?

— Tu sais, le mariage de Maeve et Griffin. J'ai le droit d'amener un invité.

— Et ? Ce n'est pas comme si je n'étais pas invité. Vu mon job, c'est juste que je ne suis pas censé socialiser avec eux.

Un inspecteur n'aurait pas dû être ami avec le propriétaire d'une boutique de cannabis, quand bien même Griffin faisait ça de façon légale.

— Mais tu vois, si tu y vas avec moi, tu peux nier toute association avec lui, contra-t-elle.

— C'est une mauvaise idée.

Là-dessus, il dévala les marches et sauta dans sa voiture. Il laissa quasiment de la gomme sur le goudron tellement il partit en trombe.

Quand est-ce que je vais accepter le fait qu'il n'est juste pas intéressé ?

Pourtant, pour un type qui était censé s'en ficher, il avait accouru deux fois quand elle avait appelé à l'aide. Enfin bon, c'était un flic. Le genre héroïque à sauver n'importe qui en avait besoin.

Brandy entra dans son appartement en se demandant ce qu'il ferait du type dans son coffre. Elle décida que c'était sans doute mieux qu'elle n'en sache rien, comme ça elle ne pourrait pas témoigner contre lui si quelque chose arrivait.

Vu la journée de merde qu'elle s'était payée, elle se consola avec son chaton et un bac de glace aux morceaux de brownie.

Tant pis si Billy ne la trouvait pas à son goût. Il y avait des tas de mecs à qui elle plaisait.

— Va te faire mettre, Inspecteur Gruff, marmonna-t-elle en avalant une bouchée de chocolat glacé.

Dans ses rêves, cela dit, c'était plutôt lui qui la mettait. Et ce, chaque nuit depuis qu'elle l'avait rencontré.

---

1. *Three Billy Goats Gruff* est le titre anglais du conte *Les Trois Boucs bourrus*, par Peter Christen Asbjørnsen et Jørgen Moe.

CHAPITRE 2

Bloqué à un feu rouge, à une rue de chez Brandy, Billy frappa le volant. Une fois. Deux fois. Va chier, trois fois, pour conjurer sa frustration.

Satanée Brandy qui le forçait à se tenir en sa présence. Il avait fait de son mieux pour l'éviter depuis qu'ils s'étaient rencontrés. Fait de son mieux pour ne pas fantasmer sur la jolie infirmière aux courbes délicieuses, même si ses rêves le trahissaient et qu'il se réveillait tout collant.

Il avait été déterminé à ne pas se rapprocher d'elle parce que les relations sérieuses, ce n'était pas pour lui, et il voyait bien qu'elle voulait se caser.

Pas moyen. Non. Pas Billy Gruff. Il s'était dit, loin des yeux, loin du cœur. Sauf que ça n'avait pas l'air de marcher.

Qu'est-ce que ça disait de lui qu'à peine appelait-elle à l'aide, il lâchait tout pour venir la sauver ? Juste pour découvrir en se pointant qu'elle avait tout sous contrôle.

Il avait été déchiré entre la fierté et la rage en découvrant qu'elle avait géré le toxico toute seule. Brandy n'était pas une fragile demoiselle en détresse. Elle avait le courage de tenir tête à ses agresseurs. Mais ça le rendait dingue qu'elle ait eu besoin de se défendre.

Quand il avait découvert que cet enfoiré avait osé lui faire du mal… Si elle n'avait pas été présente, il aurait sans doute perdu le sang-froid pour lequel il était connu. Il aurait peut-être commis l'impensable, vu comment il était à bloc, une sensation qui était d'habitude réservée à la pleine lune.

La faute à Brandy. Il y avait quelque chose chez elle qui l'empêchait de fonctionner. Quand il était avec elle, il n'arrivait pas à réfléchir. Il avait l'impression que son propre corps le trahissait, vu la façon dont il réagissait à son odeur.

Et elle avait été blessée.

Il dut vraiment se maîtriser pour ne pas rouler jusqu'à la forêt et péter un câble. Au lieu de quoi, il resta en ville, et prit la direction d'un quartier où les gens ne parlaient pas, et surtout pas aux flics.

Il se gara dans une ruelle avec des bennes puantes. Il n'y avait pas de SDF en ce moment, car le dernier résident de ces lieux, un type qu'on appelait simplement Barbe Grise, était mort. Insuffisance hépatique, après toute une vie d'alcoolisme. Billy enfila des gants avant de sortir de sa voiture et d'ouvrir le coffre. Dès que le haillon se souleva, il se trouva nez à nez avec le toxico, les yeux injectés de sang, la bouche ouverte pour hurler.

Il l'attrapa par son t-shirt et le tira hors du coffre en grondant :

— Vas-y, gueule, tout le monde s'en fout.

— T'es qui ? Qu'est-ce que tu veux pervers ? demanda le toxico alors que Billy le tirait sur ses pieds.

Il avait déjà réussi à retirer le sparadrap autour de ses poignets et ses chevilles.

— Je veux que tu laisses tranquilles les gens bien.
— Je suis quelqu'un de bien, protesta l'enfoiré.
— Tu as étranglé une bonne amie à moi.
— Tu parles de la bombasse avec le beau cul, là ?

Il se lécha les lèvres.

— Elle a du caractère. Je m'en souviendrai pour la prochaine fois.
— Il n'y aura pas de prochaines fois, le prévint Billy.

On pouvait oublier l'idée de le laisser partir. Brandy avait raison. Même s'il se faisait arrêter, il serait relâché dans la journée, le lendemain au mieux, et il retournerait harceler les gens. Faire du mal à des femmes sans défense.

Faire du mal à Brandy.

Billy ignora le type pour prendre quelque chose glissé sous le siège conducteur. Il posa la trousse de secours sur son capot.

Le toxico vacilla sur ses pieds et puis, comme il avait visiblement bien grillé ses neurones, il se vanta :

— Oh que si, y aura une prochaine fois. Je sais où elle bosse, Ducon. J'amènerai des potes et l'on s'amusera bien.

Billy sortit une seringue et un flacon de la trousse.

— T'as quoi, là ? demanda le toxico en bavant presque.

— Quelque chose qui te fera planer comme jamais.

Billy souleva les objets dans ses mains gantées. Ils

étaient dépourvus d'empreintes vu qu'ils faisaient partie de sa réserve d'urgence.

— File !

Le toxico plongea vers lui et Billy fit un pas de côté.

— Tout de suite. Mais d'abord, tu vas me promettre de ne pas en filer à d'autres.

— Genre.

Le type renifla, les mains tendues, les doigts crochus.

— File.

Il avait une lueur folle dans le regard, prêt à acquiescer à n'importe quoi pour obtenir sa prochaine dose.

Billy la lui tendit. Il ne regarda pas tandis que le toxico prenait le flacon et, sans préambule, s'injectait le liquide dans le bras. Son corps se détendit aussitôt. Il s'effondra au sol, l'aiguille toujours dans la chair, un sourire idiot sur le visage.

Billy referma le coffre et rangea sa trousse de secours où il faudrait qu'il remette de l'insuline. Le toxico se plaignit en retirant la seringue :

— C'est de la merde. Je sens que dalle.

— Alors, reprends-en, l'encouragea Billy.

Le type se piquait à nouveau quand il partit. Le flacon était plein, il pourrait encore s'administrer plusieurs doses, mais ça ne serait sans doute pas nécessaire. Prendre de l'insuline quand on n'en avait pas besoin était généralement fatal.

On aurait pu être horrifié du cynisme de Billy, mais d'après lui, ceux qui étaient prêts à faire du mal aux autres ne méritaient pas son empathie. Pas si ça mettait Brandy en danger.

Penser à elle fit apparaître son image dans son esprit. Ses lèvres qui semblaient toujours se retrousser, heureuses. Le coin de ses yeux qui se plissait quand elle souriait. Son odeur. Le fait qu'elle avait failli être tuée.

Une fois de plus, il s'inquiéta qu'elle'ait un traumatisme crânien. Bien sûr, elle affirmait aller bien, ce qui était la seule raison pour laquelle il l'avait ramenée chez elle plutôt que la déposer dans un hôpital. Toutefois, elle n'était peut-être pas la plus à même de juger de son état.

Le plus malin aurait été d'appeler Griffin pour qu'il envoie quelqu'un chez elle. Au lieu de quoi, il se retrouva devant chez elle, à observer les fenêtres de son appartement. Il n'y en avait qu'une seule d'allumée.

Son malaise n'avait probablement pas lieu d'être. Il ferait mieux de rentrer chez lui. Il commençait à se faire tard et il n'avait pas encore mangé. Il sortit de voiture et marcha jusqu'à sa porte, en montant quatre à quatre la volée d'escaliers et en s'arrêtant dehors pour écouter. Il ne colla pas son oreille au montant. Il ne frappa pas. Il se maudit intérieurement pour être si faible et pivota. Un pied au-dessus des escaliers, prêt à partir.

Rentre chez toi.

Et si elle est mal et que personne ne le sait ?

Il se retourna et frappa avant de pouvoir changer d'avis.

Toc. Toc.

Pas de réponse.

Peut-être qu'elle était dans la salle de bain.

Ou étendue par terre, avec une hémorragie cérébrale.

Enfoncer la porte semblait un peu drastique, mais

quand il tourna la poignée, ça ne s'ouvrit pas. Il y jeta un œil et puis sortit son matériel de sa poche. Un flic n'était pas censé avoir de quoi crocheter une serrure sur lui. Mais bon, la plupart des flics n'étaient pas des loups-garous qui prenaient leurs ordres de l'Alpha de leur meute afin d'éviter que l'existence des Lycans ne soit révélée au grand jour.

Clic. Clic. Il ne lui fallut guère de temps pour faire tourner le pêne de la serrure bon marché – et il se nota qu'il faudrait la remplacer. Une belle femme comme Brandy avait besoin de quelque chose de plus sûr. Ça avait été trop facile pour lui d'ouvrir sa porte et d'entrer.

Bam. La poêle arriva de nulle part.

Billy ne s'effondra pas, mais il poussa un juron.

— Putain, tu fous quoi ?

— Billy ?

Brandy le dévisagea en clignant des yeux, l'air toute douce dans un pyjama d'une pièce, les cheveux humides et bouclés, avec une odeur de shampoing sucré.

— Qu'est-ce que tu fais là ?

— Je suis venu vérifier comment tu allais. Tu sais, au cas où tu aurais un traumatisme crânien ou un truc du genre.

— Tu rentres toujours par effraction chez les gens pour t'enquérir de leur santé ?

— Pourquoi tu n'as pas répondu quand j'ai frappé à la porte ?

— Parce que j'étais dans la cuisine en train de me faire un truc à grignoter. Du pop-corn, si tu es curieux. Je suis sortie et j'ai entendu quelqu'un trafiquer la serrure, alors j'ai attrapé le premier truc qui pouvait faire une arme à portée de main.

Elle secoua sa poêle.

— La prochaine fois, prends plutôt un couteau. Ou mieux encore, achète une batte de baseball. Ça te donne plus de force et tu restes hors de portée.

— Je suis en train de me dire vu la journée que je me paie, il me faut surtout un garde du corps. Du genre qui vivrait sur place avec moi. Tu te portes candidat ?

Elle retroussa les lèvres, invitante. Il faillit dire oui.

— Pas besoin de partir sur quelque chose d'aussi drastique. Le toxico ne reviendra pas.

— Tant mieux. Je savais que tu étais la personne qu'il fallait pour gérer ça. Tu veux du pop-corn ?

Elle tourbillonna et s'éloigna plutôt que de poser des questions qu'il préférait éviter.

— Non. Je ferais mieux d'y aller.

— Tu ne veux pas rester un peu, au cas où j'aurais un traumatisme crânien, tu sais ?

Malgré ses craintes à ce propos, il protesta :

— Tu as l'air d'aller bien.

— Pour l'instant. Mais si ça se trouve, mon cerveau est en train de saigner. Peut-être que tu devrais rester dans les parages. Tu sais. Me garder éveillée. Ou si je m'endors, me tirer du sommeil toutes les deux heures. J'aime bien quand on m'aiguillonne.

Elle lui fit un clin d'œil et porta ses yeux vers le bas. Il se racla la gorge et lutta pour empêcher son corps de réagir.

— Si tu es inquiète, je peux te conduire à l'hôpital.

— C'est pas marrant, déclara-t-elle avec un regard

par-dessus son épaule. Je préférerais que tu sois mon infirmier.

Elle disparut dans la cuisine et il entendit la porte du micro-ondes s'ouvrir et se fermer, et le crépitement du pop-corn qu'on mettait dans un saladier.

Il regarda la porte. Son échappatoire. Probablement le pire à faire dans cette situation.

Elle émergea, toute mignonne avec son gigantesque saladier de pop-corn, et il n'eut pas besoin de renifler à fond pour sentir l'odeur du beurre fondu qu'elle avait mis sur le dessus.

— Tu veux regarder un truc ? demanda-t-elle.

Non. La bonne réponse c'était non. Alors pourquoi s'était-il assis ?

On aurait pu tenir à trois personnes sans problème sur le canapé, mais plutôt que de s'asseoir à l'autre bout, elle vint se poser juste à côté de lui et plaça carrément le saladier sur les genoux de Billy.

Il la fixa et elle annonça :

— Comme ça, on peut partager.

Est-ce qu'elle se rendait compte de ce qu'elle lui faisait à chaque fois qu'elle plongeait la main dans le saladier, posé au-dessus de son érection ? Heureusement, son pantalon était bien serré, sinon le pop-corn n'aurait pas tenu en équilibre.

Il resta assis, rigide comme un piquet, sans rien voir. Il aurait été incapable de dire ce qui se passait à l'écran. Pas perturbée du tout, Brandy papotait à côté de lui :

— Donc il y a cette fille, elle a été adoptée par les nonnes, mais c'est pas une nonne, et elle a un pouvoir que les démons veulent et...

Il prit une grande inspiration. L'odeur du pop-corn. Du beurre. De Brandy. De l'excitation de Brandy.

Oh putain.

Il savait qu'il lui plaisait — après tout, c'était mutuel — mais il avait fait de son mieux pour faire comme si de rien n'était. Pour l'ignorer.

Alors qu'il se préparait à se lever et à trouver une excuse pour partir, il entendit un petit cri et une boule de poils de la taille de son poing débarqua de nulle part et atterrit sur sa tête.

— Froufrou ! glapit Brandy tandis que Billy jaillissait du canapé.

Le chaton lui avait planté les griffes dans le crâne et s'accrochait, terrorisé. Le saladier de pop-corn faillit tomber, sauvé par les bons réflexes de Brandy.

— Enlève-le de là ! grogna-t-il.

Ce n'était probablement pas le ton à prendre quand un félin réagissait à la présence d'un loup sur son territoire.

Plutôt que de venir à la rescousse, Brandy se mit à rire, la bouche arrondie, les yeux pétillants.

— Inspecteur Gruff, on vous a déjà dit à quel point ça vous allait bien d'avoir une chatte sur la tête ?

Billy ne rougissait pas. Jamais. Mais essayez de dire ça à ses joues en cet instant.

Il leva la main et attrapa la petite terreur griffue qu'il rendit à Brandy.

— Il faut que j'y aille.

Il prit la fuite avant de faire quelque chose de stupide, comme la séduire. Mais dans ses rêves, il n'avait pas d'échappatoire à sa séduction à elle.

CHAPITRE 3

Brandy se réveilla avec une grosse migraine et elle aurait vraiment détesté la vie si l'on n'avait pas été samedi. La clinique n'était pas ouverte les week-ends. Cela lui laissait le temps de se remettre et avec un peu de chance d'éviter un « je te l'avais dit » de la part de Maeve qui avait voulu lui envoyer un des gars de la boutique de cannabis pour veiller sur elle.

À propos de cannabis… Un peu de Marie-Jeanne lui ferait peut-être du bien niveau migraine. Avant, elle serait allée faire un tour à son magasin préféré Lanark Leaf, propriété de Griffin Lanark, la moitié de Maeve – mais vu qu'elle avait des contacts, elle se contenta de passer un coup de fil.

— Ulric, il faut que tu me promettes que tu ne diras rien à Maeve, supplia-t-elle quand il décrocha.

— Oh là. Avant que j'accepte, il se passe quoi ? répondit-il, méfiant.

— Il est possible que j'aie eu un petit accrochage avec un toxico agressif hier soir au bureau…

— Quoi ? beugla-t-il.

— Tout va bien. Le problème est réglé, mais avant que je le défonce, mon crâne a rencontré le bureau quelques fois, et maintenant j'ai une sacrée migraine.

— J'ai exactement ce qu'il te faut, gronda-t-il. Je serai là dans vingt minutes.

Ulric raccrocha et Brandy se laissa tomber sur son canapé après avoir ouvert le verrou. Froufrou vint se blottir en boule sur sa poitrine. Ses seins étaient doux et molletonnés, alors elle ne pouvait pas en vouloir au chaton de s'en servir comme oreiller.

Ulric frappa un coup à la porte avant d'entrer avec un sac de courses en plastique.

— C'est des chips, ça ? demanda-t-elle en voyant le haut d'un emballage célèbre.

— Et j'ai aussi pris les donuts que tu aimes bien. Un paquet de barres chocolatées, plusieurs parfums. Une bouteille de jus d'orange et de la pastèque en cubes.

Elle cligna des yeux.

— De la pastèque.

— Parce que ça permet de s'hydrater, c'est plein de nutriments, et surtout, c'est délicieux. Mais d'abord…

Il plongea la main dans sa poche et en sortit un flacon brun.

— De l'huile de CBD. Le meilleur truc qu'on ait en stock pour les migraines et la douleur.

— Tu es un dieu vivant.

Elle tendit la main, ce qui fit bouger son sein, et le chaton y enfonça ses griffes. Elle grimaça.

Ulric pouffa de rire.

— Je vois que la petite terreur s'est calmée.

— Ne te fais pas avoir par son apparence docile. À trois heures du matin, elle a sauté depuis la tête de lit sur la couette pour tuer mon pied parce que j'avais bougé, se plaignit Brandy.

Ça ne l'empêcha pas de sourire en contemplant le chaton endormi.

Pendant qu'elle prenait la dose prescrite d'huile, Ulric sortit les réserves de nourriture et alla même lui chercher un verre et des serviettes en papier. C'est seulement alors qu'il demanda :

— Tu comptes me dire ce qui s'est passé ? Peut-être, me donner une description de cet enfoiré, que je puisse lui faire passer l'envie de te cogner ?

— C'est déjà réglé. Billy m'a donné un coup de main.

Ulric haussa les sourcils si haut qu'ils disparurent presque.

— Tu as appelé les flics ?
— Non, j'ai appelé Billy, explicita-t-elle.
— Plutôt que moi ?

Il avait l'air de se sentir insulté.

— Parce que tu l'aurais dit à Griffin, qui l'aurait dit à Maeve, et je ne voulais pas la mettre au courant vu qu'elle n'était pas en forme et qu'elle ne sait déjà plus où donner de la tête avec le mariage qui arrive. Tu la connais, elle aurait voulu me soigner.

— Et tu penses que Billy ne le dira pas à Griffin ?

Brandy pinça les lèvres. Vu que Billy était déjà en quelque sorte un marginal au sein de sa meute à cause de son travail, elle était plus ou moins partie du principe qu'il tiendrait sa langue.

— Ça va foutre Maeve en rogne que tu ne le lui aies pas dit, fit remarquer Ulric.

— Je lui dirai plus tard, quand elle sera Mme Lanark.

— Maeve est trop moderne pour prendre son nom, rétorqua Ulric.

— Sur certaines choses, oui, mais là, elle aura envie de laisser son vieux nom derrière elle.

Maeve portait le nom de famille de sa mère, et vu les mensonges qu'elle avait découverts — notamment que son père n'était pas mort comme elle l'avait prétendu, et qu'il les aidait financièrement tout en se tenant à distance — elle avait envie de tourner la page. Surtout maintenant qu'elle avait retrouvé son père.

— Eh bien, merde. Je vais devoir une faveur à Quinn. Il a parié contre moi qu'elle le changerait.

— Quel genre de faveur ? demanda-t-elle.

— Le genre qui le fait passer pour un mafieux.

Ulric prit une mine neutre et marmonna d'une voix râpeuse :

— « Un jour, je te demanderai de l'aide, et tu ne pourras pas dire non. »

— Peut-être qu'il déménage et qu'il a besoin de muscles ? suggéra Brandy.

Elle commençait à se détendre grâce à l'huile qui agissait et diminuait la douleur de sa migraine.

— Oh non, ça va être pour un truc complètement dingue. Comme cette fois où il a entraîné Dorian avec lui pour ce voyage en Asie.

— Qu'est-ce qui s'est passé ? demanda Brandy.

— Ils n'en parlent jamais. Mais Dorian a une sacrée cicatrice dans le dos.

— Tu n'as jamais eu envie de partir à l'aventure ?

Ulric fit rouler ses larges épaules.

— J'imagine que si. Mais il n'y a pas grand-chose à faire autour d'Ottawa.

La vie en ville avait tendance à se muer en une routine où rien ne changeait jamais. Se lever. Aller au travail. Voir du béton dehors. Du plâtre et des lumières au néon à l'intérieur.

— Peut-être qu'il est temps que tu voyages. Va au nord. Prends-toi un chalet ou une cabane.

— Pour communier avec la nature ? demanda-t-il en fronçant le nez. Ça me surprend que ce soit toi qui suggères ça.

— Ça veut dire quoi, ça ? s'écria-t-elle. J'adore la vie au milieu du plein air.

— « Au milieu du plein air » ? C'est quoi cette expression ? souleva-t-il en secouant la tête. Tu n'es pas une fille nature.

— J'ai une plante, dit Brandy en agitant la main dans cette direction.

— Elle est en plastique.

— Ça compte quand même.

Même elle avait du mal à soutenir cet argument. Elle aurait vraiment dû faire un peu plus d'efforts pour mettre de la verdure dans cet appartement. C'était censé être très efficace pour filtrer l'air.

— Tu ne tiendrais pas une journée dans le Grand Nord, déclara-t-il.

— Bien sûr que si ! s'enfonça-t-elle.

— Peut-être, mais avec de l'aide. Tu sais qui s'en sort super bien dans les grands espaces ?

Ulric marqua une pause avant de répondre lui-même :

— Billy. Tu devrais voir le domaine qu'il a acheté.

Des hectares et des hectares de forêt.

— Vraiment ? Tant mieux pour lui.

Brandy feignit la nonchalance alors même qu'elle se demandait s'il y avait aussi un chalet confortable avec une belle cheminée dans cette forêt.

— Comment il va, Billy ? poursuivit Ulric. Je ne le vois pas des masses ces temps-ci.

— Ce n'est pas une bonne chose qu'un flic ne s'intéresse pas trop à votre boutique de cannabis ?

— On fait les choses à cent pour cent dans la légalité, protesta-t-il. Y a pas de raison qu'il ne puisse pas se montrer avec nous.

— Mis à part qu'il n'est pas censé en prendre.

— Ce n'est pas parce qu'il traîne avec Griffin que ça veut dire qu'il fume, contra-t-il.

— Ce qu'il faut à Billy, c'est une raison de se pointer qui n'a rien à voir avec le cannabis. Dommage qu'il n'ait pas un frère ou un cousin là-dedans. Un lien personnel avec quelqu'un.

Ulric se frotta le menton.

— Il pourrait faire semblant de sortir avec Quinn ou moi.

— Tu sortirais avec Billy ? demanda-t-elle avec un sourire amusé.

— Oui, ça serait peut-être pas très crédible vu qu'on aime tous les deux les filles.

Et maintenant qu'il avait disposé son piège, Ulric n'eut pas franchement l'air innocent quand il déclara :

— Si seulement on connaissait quelqu'un qui pourrait s'approcher de Griffin sans que ça ait l'air louche. Genre, la meilleure amie de sa fiancée.

— Moi, sortir avec Billy ? souffla Brandy. Quand tu

veux, mais il ne sera jamais d'accord. Tu aurais dû voir sa réaction quand je lui ai proposé de m'accompagner au mariage.

Elle n'allait pas s'amuser à mentir en disant qu'elle n'avait pas envie d'être sa copine. Derrière sa façade bourrue, elle savait que c'était un type bien. Et puis, l'attirance entre eux était dingue.

— Il a dit non ?

— Avec beaucoup d'emphase.

Cette réponse tira une grimace à Ulric.

— Je suppose que ça ne devrait pas me surprendre. Il est déterminé à ne jamais se poser.

— C'était juste une soirée. Pas toute une vie ensemble.

— Billy est un peu rigide quand il s'agit des liens avec les gens.

— Pourquoi ? demanda-t-elle.

— Disons juste qu'il a eu une enfance merdique.

Elle n'insista pas et changea de sujet.

— J'ai envie de sel. Masse de sel. Ramène les chips, s'il te plaît.

Elle tendit les mains. Son sein rebondit un peu trop et le chaton y enfonça ses quatre pattes et ses dents pour le maîtriser.

— Hiii ! glapit-elle.

Ulric se mit à rire et la sauva en froissant le reçu dans le sac en plastique, ce qui attira l'attention de Froufrou. Alors que le chaton bondissait, Brandy fourra les chips dans sa bouche. Pas de jugement. Certains matins, il fallait de la nourriture réconfortante, comme des chips crème et bacon. Salées. Croquantes. Délicieuses.

Comme Billy.

Hmm. C'était sûrement la beuh qui faisait partir ses pensées dans n'importe quelle direction.

— À quoi tu penses ? demanda le grand blond.

— Je me dis que quelqu'un pourrait faire changer d'avis notre ami inspecteur. Peut-être, lui suggérer, subtilement bien sûr, d'accepter mon invitation et de m'accompagner au mariage.

— Pourquoi insister pour y aller avec lui alors que tu pourrais être accompagnée d'un beau gosse comme moi ?

— Tu as envie de me sauter ? demanda Brandy, très sérieuse.

Ulric fit la tête de quelqu'un qui vient de mordre dans un citron.

— Tu es comme une sœur pour moi.

— Exactement. Toi, Quinn, même Dorian. Ça serait juste dégueu.

— Mais pas Billy. Intéressant… déclara Ulric d'une voix traînante.

— Si tu essaies de me faire dire qu'il est canon, oui, il est ultra beau gosse.

— Tu veux que je t'arrange un coup ! accusa Ulric avant de sourire. Oh la vache. Toi et Billy. Tu penses que tu as une chance ?

— Oui.

Brandy ne pouvait pas s'autoriser à douter.

— Il n'acceptera jamais. Comme je te le disais, il refuse de s'engager au point où il évite même d'acheter le même gel douche deux fois d'affilée.

— Tu veux dire par là que je devrais me trouver quelqu'un d'autre.

Elle plissa le nez.

— Tu sais combien de temps ça m'a pris pour trouver Billy ?

Apparemment, avec l'âge, venait le discernement. Elle ne voulait pas être avec n'importe qui.

— Si tu mets la barre à Billy, peut-être que tu devrais la lever.

— Ce n'est pas gentil.

Ulric eut un grand sourire.

— Je blague. Billy est un mec bien. Et ça ne lui ferait pas de mal d'avoir quelqu'un comme toi dans sa vie. Mais pour que ça marche, il va me falloir de l'aide. C'est OK si je demande aux gars de me donner un coup de main pour le convaincre ?

Elle fronça le nez.

— Ça ne va pas se retourner contre nous si Billy pense que vous vous liguez contre lui ?

— On sait se montrer subtil, répondit Ulric avec un clin d'œil. Fais-moi confiance.

— Je ne sais pas…

— File-moi ton téléphone.

— Pourquoi ?

— Parce qu'on va lui envoyer un message.

— On ? répéta-t-elle en haussant un sourcil.

— D'accord, alors envoie-le toi.

— Et je dis quoi ?

— Invite-le à t'accompagner au mariage.

— Je l'ai fait. Il a dit non.

— Parce qu'il n'a pas eu le temps d'y réfléchir. Une fois qu'il aura pigé le fait que ça lui permet de passer du temps avec nous, je crois qu'il sera ouvert à l'idée.

— Il est têtu. Je doute qu'on puisse le faire changer d'avis.

Ulric lui fit un clin d'œil.

— T'inquiète. J'ai une idée. Donne-moi quelques heures pour lui présenter l'idée et alors, tu lui renvoies un SMS.

— Tu penses vraiment que tu pourras le faire changer d'avis ?

— Eh bien, il n'y a qu'un seul moyen de le savoir.

Ce n'était pas ultra convaincant, mais elle ne pouvait s'empêcher de ressentir une petite bouffée d'espoir. Ulric serait-il capable de convaincre Billy de venir au mariage avec elle ? Même s'il disait oui, ça ne voudrait pas dire pour autant qu'il avait envie de sortir avec elle. Et s'il répondait que c'était juste pour voir ses amis ? Est-ce que ça avait de l'importance ? Il faudrait qu'elle use de son charme pour lui faire comprendre qu'il avait envie d'elle dans sa vie.

Désespérée ? Non. Brandy savait ce qu'elle aimait et, à la différence de certains, elle n'avait pas peur de prendre des risques pour l'obtenir.

Après le départ d'Ulric, elle grignota du chocolat tout en tapant un SMS. Un message prudent, au cas où quelqu'un qui n'était pas au courant le lirait.

Salut, Billy. J'ai vraiment apprécié de prendre un café avec toi la semaine dernière, alors je vais prendre mon courage à deux mains et te demander ce que tu fais mercredi prochain. Ma meilleure amie se marie, et j'aurais vraiment besoin d'un cavalier. Qu'est-ce que tu en dis ?

Elle attendit aussi longtemps que sa nervosité l'autorisa. Si longtemps qu'elle faillit s'ouvrir le pouce à force de se ronger les ongles. Quand Ulric lui envoya un message pour demander si elle avait quelqu'un pour l'accompagner au mariage, elle prit cela pour un signal. Elle envoya le message à Billy.

Il ne répondit pas ce jour-là. Pas de nouvelle non plus le dimanche. Ce fut tard le lundi qu'il répondit d'un simple *Oui*.

CHAPITRE 4

Oui.

À peine Billy eut-il appuyé sur Envoyer qu'il eût envie de revenir en arrière. À quoi est-ce qu'il pensait ? Il ne pouvait pas aller à ce mariage avec Brandy. Cette femme occupait déjà bien trop de ses pensées et de ses rêves.

Pas d'attaches. C'était une promesse sur laquelle il ne comptait pas revenir pour une simple histoire de libido.

C'était la faute de la Meute. Ça avait commencé avec Ulric qui lui avait envoyé un message sur leur chat privé pour lui dire : *Tu sais, si tu sortais avec quelqu'un dans l'entourage de Griffin ou Maeve, tu n'aurais plus besoin de nous voir en douce.*

Ce n'était pas tout à fait exact. S'il arrivait quelque chose et qu'on se rendait compte que Billy traînait avec un vendeur de drogue, même légal, il se retrouverait dans une situation délicate. Difficile de savoir si son syndicat le protégerait ou non. Il y avait toujours beaucoup de stigmatisations autour du commerce de la marihuana. Mais d'un autre côté, c'était tentant d'avoir une occasion de faire partie de la Meute.

Il se rappelait ce que c'était d'avoir l'impression de faire partie d'un groupe. À l'époque, il faisait partie des habitués dans le ranch où Griffin passait ses étés avec ses cousins. La famille d'accueil qui l'avait adopté — un couple adorable de femmes un peu âgées, Lisette et Marie, qui n'avaient jamais eu d'enfants à elles — savait s'y prendre avec les ados. Ils vivaient à côté de chez les frères Lanark et leur nichée. Tous n'étaient pas de la famille. Apparemment, la personnalité comptait plus que le sang chez les Lanark.

Plus tard, Billy avait compris ce que cela voulait vraiment dire – et pourquoi on entendait tous ces hurlements autour de la pleine lune. Il n'avait jamais été aussi ému, aussi heureux, que quand on lui avait demandé officiellement d'entrer dans la famille.

Une famille qu'il avait plus ou moins dû abandonner pour devenir ce qu'il avait toujours voulu être. Quelqu'un qui respectait la loi et faisait régner la justice. Qui aidait les autres, surtout ses frères de la Meute.

Mais et s'il avait pu aider tout en continuant à faire partie du groupe ?

Quinn avait rejoint la conversation pour dire : *Tu pourrais être mon mec.*

Ce à quoi Billy avait répondu : *J'ai dans l'idée que ça risque de pas plaire à ta meuf.*

Les relations poly, ça existe, avait rétorqué Ulric qui aimait bien faire le malin.

Griffin avait fait son devoir d'alpha en tapant : *Ce n'est pas grave si Billy ne veut pas venir au mariage. Je sais qu'il est là pour moi.*

L'enfoiré. Billy aimait Griffin et il voulait vraiment être là pour lui en personne.

En parlant d'accompagnants, avait posté Ulric, *qui est-ce qui se charge de récupérer Brandy ?*

Tu penses qu'elle sera OK pour monter sur ma moto ?

Nan, mais Quinn n'était pas sérieux, là ?

Elle sera en robe et talons. Elle n'a qu'à venir avec moi, proposa Dorian.

Comme si elle avait envie qu'on la voie dans ta toute petite bagnole électrique, rétorqua Ulric. *Je sortirai la Mustang du garage pour qu'elle ait une escorte digne de ce nom.*

La simple idée de Brandy avec Ulric... ça lui tordit le ventre comme jamais.

C'est là que Griffin intervint à nouveau : *D'après Maeve, elle sera avec elle dans la limousine. Donc pas besoin de voiture pour elle.*

Cela n'apaisa pas son esprit autant qu'il l'aurait voulu. Parce que ça voulait dire qu'elle serait quand même toute seule au mariage.

C'était Ulric qui avait suggéré : *Tu sais, être son cavalier pour la soirée ne veut pas dire que tu dois sortir avec elle pour de vrai. Tu peux juste faire semblant.*

Ça ne me paraît pas honnête ni correct pour Brandy.

La confiance était une valeur importante pour Billy.

Je t'en prie. Brandy est une fille cool. Elle sera totalement partante pour donner un coup de main à un frangin. D'où est-ce que tu crois que l'idée m'est venue ?

Attendez, Ulric avait parlé de lui avec Brandy ? C'était Griffin qui avait mis fin à la conversation.

La décision appartient à Billy.

Tout à fait. Et Billy n'était pas du genre à utiliser

quelqu'un. Brandy méritait mieux qu'un faux petit ami. Sans mentionner qu'il craignait que faire semblant ne soit une pente glissante qui lui donnerait vite envie d'en faire une réalité. On ne pouvait pas nier que ça faisait des étincelles entre eux, et qu'il ne faudrait pas trop pousser pour que ça s'embrase pour de bon.

Faire comme si de rien n'était. Il savait faire, et pourtant, quand elle lui avait envoyé un SMS pour lui demander à nouveau de l'accompagner, est-ce qu'il avait aussitôt refusé ? Non. Il avait fait traîner. Il avait hésité. Il s'était remémoré, encore et encore, en quoi c'était une mauvaise idée.

Ce combat contre lui-même l'avait conduit à taper une réponse à son invitation. Il avait commencé à écrire. Avait effacé son texte. Recommencé.

Il avait dressé une liste dans sa tête de toutes les raisons pour lesquelles il devait dire non. Il avait refusé de faire de même avec toutes les raisons pour lesquelles il devrait dire oui. Il n'avait pas envie d'être convaincu. Il valait vraiment mieux qu'il garde ses distances.

Au final, il n'avait pas pu résister.

Il avait tapé *oui*. Il s'était dit que c'était parce qu'il voulait être présent pour Griffin. Le problème serait de ne pas aller trop loin. La dernière chose qu'il voulait, c'était faire du mal à Brandy.

Putain, il s'inquiétait pour lui aussi. Ce serait tellement facile de succomber à sa grâce, d'oublier son passé, la promesse qu'il s'était faite à lui-même. Ses amis faisaient paraître ça si aisé.

Ça ne l'était pas.

Il emmenait Brandy à un mariage. Putain.

Parce qu'il ne pouvait pas être associé à la Meute, il

dut louer son costume ailleurs. On prit ses mesures et tout. Il devait reconnaître que ça lui allait mieux que quand il achetait du prêt-à-porter. Il lava sa voiture et y passa l'aspirateur avant de se rendre à l'église. Brandy n'avait pas besoin de chauffeur vu qu'elle avait passé la nuit chez la mariée et qu'elle se préparait avec elle le matin. Mais comme il était son cavalier, on s'attendrait à ce qu'il la ramène chez elle.

Quand il entra dans l'église, il fit semblant de ne pas connaître Ulric et se présenta à voix haute :

— Bonjour, je m'appelle Billy Gruff, je suis avec Brandy Herman.

— Ah, voilà que je rencontre enfin l'inspecteur sexy dont elle n'arrête pas de me parler, déclara Ulric avec un grand sourire.

Il lui donna une tape dans le dos et le fit entrer.

— Sexy ? renifla Billy une fois qu'ils eurent passé le seuil et furent à l'abri des regards trop curieux.

Son ami ricana.

— Tu aurais préféré grognon ?

— Je commence à me dire que c'était une mauvaise idée de venir.

— Relaxe, détends-toi. Tu vas passer un bon moment. Brandy est super.

— Je suis étonné que cette comédie ne te pose pas de souci. Il me semblait que vous étiez proches.

Billy essaya d'avoir l'air de ne pas y toucher alors même que sa colère envers Ulric montait. À quel point est-ce qu'ils se connaissaient bien, en fait, Brandy et lui ?

— Bah, elle est comme la petite sœur que je n'ai jamais eue.

— Elle est plus vieille que toi.

Cela lui valut un haussement de sourcils de la part d'Ulric : Billy s'était renseigné.

— Plus vieille, peut-être, mais petite en comparaison. Ce qui me rappelle, comme je suis son grand frère officieux, je vais être obligé de te prévenir d'être gentil avec elle, sinon, je serais obligé de te casser la gueule.

Billy grimaça.

— Si elle voulait un mec gentil, elle aurait choisi quelqu'un d'autre.

— Je suis d'accord. En plus, elle aurait pu avoir quelqu'un de bien agréable à regarder, comme moi, déclara Quinn en les rejoignant.

— Je croyais que tu avais une copine.

— C'est fini. Elle a commencé à parler bébé. Je lui ai dit que j'avais une vasectomie. Et me voilà donc à nouveau célibataire, finit-il avec un clin d'œil.

Pris d'une soudaine pulsion irrationnelle de frapper Quinn, Billy serra les poings et grinça entre ses dents serrées :

— Tu n'es pas censé t'occuper du placement des gens ?

— Du calme, vieux. On dirait que tu n'es pas heureux d'être là.

— Je suis extatique, répondit-il d'une voix plate.

Il commençait vraiment à se dire que ce n'était pas une bonne idée d'être venu. Il avait envie de voir son ami se marier, mais il ne s'était pas rendu compte d'à quel point ce serait étrange de s'afficher ouvertement avec eux. D'habitude, il retrouvait sa Meute en cachette, ou bien ils allaient dans un endroit si isolé que personne ne pouvait les y voir.

Ulric tendit la main.

— On va t'amener à ta place. Comme tu es avec Brandy, tu es du côté de la mariée.

Il n'y avait pas beaucoup de places dans l'église, car Maeve avait insisté pour faire un petit mariage. Il n'y avait que son père du côté de sa famille. Et pour Griffin, c'était juste sa Meute actuelle et Oncle Bernard.

Billy ne vit Brandy nulle part dans l'église. Enfin bon, la demoiselle d'honneur n'était pas censée arriver en balançant des fleurs dans l'allée ou un truc du genre ? C'était son premier mariage.

Le banc n'était pas confortable, et le choix de l'église paraissait étrange si l'on ne savait pas que le pasteur Kyle était un loup-garou, un solitaire qui s'était tourné vers Dieu pour trouver un but à sa vie. Le pasteur Kyle était là avant même que Griffin devienne un Alpha, et il n'avait jamais fait d'histoires à ce propos. D'autres meutes n'autorisaient pas les Lycans non affiliés sur leur territoire.

Les gens s'installèrent et arrêtèrent de faire du bruit quand la musique commença. Même Billy reconnut la chanson.

Il se tourna à moitié pour regarder comme tout le monde, et il resta figé quand Brandy apparut la première, un bouquet à la main, vêtue d'une robe vieux rose qui moulait ses courbes et se tendait sur ses seins. Ses épaules nues étaient la tentation. Il aurait adoré les mordre.

Il cligna des yeux.

Il poussa un soupir. Pas de morsure. Peu importait qu'elle ait l'air délicieuse. Derrière elle, Maeve entra au bras de son père, Russel, l'Alpha de la Meute de la Patte d'Or de Toronto.

Ce mariage n'était pas juste un jour de bonheur pour Griffin. Il permettait aussi de sceller une alliance entre deux des plus puissantes meutes du Canada, la seule qui rivalisait avec eux se trouvant à Alberta.

Griffin avait l'air tellement heureux quand Maeve s'avança vers lui. La façon dont il la regardait...

Les yeux de Billy dérivèrent vers Brandy. Il resta captivé, et ce qui le tua, ce fut qu'elle lui rendit son regard. Et ce sourire ? Pourquoi ses lèvres se retroussaient-elles ainsi en le voyant ? Pourquoi ça le foudroyait à chaque fois ?

Il fallait qu'il lutte contre son charme. Il fit de son mieux pour se concentrer sur n'importe quoi d'autre qu'elle. Le plus facile étant de reporter son attention vers le couple en train de se marier. La cérémonie passa en un éclair, ils se dirent « oui » et s'embrassèrent. Il y eut quelques sifflements et des hurlements de loups alors que le jeune couple passait devant eux, main dans la main. Ils avaient bien organisé ça et la réception se tenait dans un restaurant presque en face de l'église.

Brandy ne suivit pas les jeunes mariés et vint le retrouver à la place, les lèvres retroussées en un sourire.

— Tu es classe, Billy.

— Tu es jolie aussi, répondit-il, restant modéré. On va dîner ?

— Tout de suite. Je n'ai pas encore dit bonjour aux autres.

Elle traversa l'allée en ondoyant et fut accueillie par quelques sifflets. Ses frères de Meute l'étreignirent, la firent rire et sourire. Pas une seule fois, elle ne regarda vers lui. Et pourquoi l'aurait-elle fait ?

Elle était censée être sa cavalière.

Billy eut presque envie d'attraper son pistolet, mais il l'avait laissé à la maison de toute façon. Il fronça les sourcils. Qu'est-ce que ça pouvait lui faire qu'elle parle à d'autres hommes ? Elle en avait le droit. Après tout, ils ne sortaient pas ensemble.

Visiblement, sa rationalité s'était fait la malle. Il traversa l'église pour aller les interrompre d'un :

— On va au restaurant ? Je n'aurais rien contre un apéritif.

Un verre, seulement, puisqu'il conduirait.

— C'est l'heure de la téquila ! hurla Ulric.

Des gens avec des secrets à garder qui se vidaient de grandes quantités d'alcool, ce n'était sans doute pas l'idée du siècle. Et c'est pour ça qu'au début, Billy se retrouva au bar avec un soda. Brandy n'avait pas les mêmes réserves. Elle versa du sel sur sa main, le lécha, engloutit un shot de téquila. Chaque fois qu'elle suçait son citron, elle faisait une grimace trop mignonne.

C'est elle qu'il aurait voulu sucer.

Oh là. Il lâcha le coca pour prendre la seule bière à laquelle il avait le droit juste au moment où le serveur leur dit que leur salle à manger privée était prête. Si par privé il entendait l'espace à gauche du bar, réservé à leur groupe. Le côté droit restait ouvert aux autres clients.

La nourriture fut servie par vagues, et c'était sans doute bon. Il n'arrivait pas à savoir le goût que ça avait, trop conscient du contact de la jambe de Brandy contre la sienne.

Il y avait du vin avec le dîner, et les cousins firent aussi servir des carafes de bière à table. Billy ne prit rien de tout cela.

Brandy porta au moins deux toasts éméchés, tout comme d'autres membres de la meute. Billy aurait aimé parler à l'homme qu'il voyait comme le grand frère qui lui avait donné ce qu'il avait toujours voulu : une famille et un sentiment d'appartenance. Cependant, il se souvenait qu'ils étaient dans un contexte relativement public et que son rôle de cavalier de Brandy voulait dire qu'il lui fallait tenir sa langue. Il ne pouvait peut-être pas parler, mais cela ne l'empêchait d'apprécier d'être présent plutôt que d'écouter les gens lui raconter la fête après coup. Combien de choses avait-il manqué parce qu'il avait choisi de devenir flic ?

En même temps, il ne regrettait pas son choix. Il aimait son boulot. Il aimait être capable d'aider les gens. Mais parfois, les démons de la solitude venaient le tourmenter et lui faisaient regretter de ne pas avoir choisi une autre voie, un chemin qui lui aurait permis de faire partie de tout cela en permanence. Mais il craignait cela aussi. Billy ne savait pas comment faire partie d'une famille. S'attacher aux gens conduisait à avoir mal. Il valait mieux rester seul, comme ça, personne souffrait.

C'était une pensée bien morose au milieu d'un mariage. Il s'excusa pour aller aux toilettes. Il aurait voulu pouvoir prendre plus d'une bière, mais il prenait au sérieux le fait de ramener Brandy chez elle. Il passa devant une tablée de mecs chahuteurs et ignora celui qui sifflait.

Quand il sortit des toilettes, situées au milieu du restaurant pour qu'on puisse y accéder facilement des deux côtés, il les aurait ignorés à nouveau, sauf que l'un d'eux déclara :

— La nana avec qui tu es assis, elle est super bonne.

Il jeta un regard par-dessus son épaule et rétorqua d'une voix neutre :

— Elle est prise.

Ça lui fit plus de bien que ça n'aurait dû de dire ça. Billy se rassit à côté de Brandy, qui sirotait un cocktail coloré. Elle lui adressa un sourire, les yeux brillants, et elle se mit à rire. Il lui sembla naturel de passer un bras sur le dossier de sa chaise. Elle s'y appuya et se blottit contre lui d'une façon agréable.

Quand Brandy s'excusa à son tour, il se tourna pour la regarder passer dans le petit couloir avec les deux toilettes et la sortie. Les sifflements ne la ralentirent pas le moins du monde. Un moment après qu'elle eut disparu, deux des gars se levèrent et regardèrent autour d'eux. L'un d'eux le repéra et donna un coup de coude à l'autre. Ils échangèrent un murmure et, avec un dernier regard vers lui, ils disparurent hors de vue, vers les toilettes.

Si ça, ce n'était pas suspect ? Il jeta un coup d'œil au verre et se rappela que Brandy avait commencé par boire de la téquila puis juste du vin. Pourquoi passer à quelque chose de si sucré maintenant ?

Il leva le verre pour le renfiler.

— Depuis quand tu bois des cocktails de fille ? le taquina Ulric.

— Qui l'a commandé ?

— Je pensais que c'était toi, mon vieux.

— Non.

Sur un pressentiment, il en prit une gorgée. Le sucre ne cachait pas tout à fait l'arrière-goût.

Oh putain. Il se leva d'un bond et traversa la salle. À son approche, le reste de la table des deux types se leva en masse pour le bloquer.

Billy aurait pu montrer son badge. Ça les aurait peut-être forcés à se disperser, mais ça aurait forcément conduit à des questions.

Il essaya plutôt de désamorcer la situation.

— Pardon.

— Attends un peu, Mini-Vessie. Les toilettes sont occupées pour l'instant. Assieds-toi et attends un peu.

L'ordre lui fit hausser un sourcil.

— Je ne crois pas, non. Bouge.

— Essaie de nous y forcer, fut la réponse belliqueuse.

Il aurait pu. Quatre mecs ? Coriace, mais pas impossible. Mais il ne voulait pas perdre de temps. Il leva une main. Juste une. Comme un seul homme, ses frères le rejoignirent, en nombre supérieur aux types d'en face.

— T'as plutôt intérêt à pas nous chercher, siffla un type aux joues grêlées.

Griffin s'avança. Son costume contenait à peine le corps menaçant de l'alpha.

— En fait, c'est moi qu'il vaut mieux ne pas chercher. Je viens juste de me marier. Et la meilleure amie de ma femme se trouve dans ces toilettes. Elle est chère à tous les gars qui sont là avec moi, alors tu bouges ou je te démonte.

— On s'en fout de la meuf.

— Alors, bouge. Je ne le demanderai pas à nouveau.

La musique continua à jouer alors que la tension

montait. Même le barman, qui était allé à la fac avec Quinn, garda le silence. Ce fut le chef qui émergea de sa cuisine en pestant :

— Bande de vauriens, vous vous en prenez à mes meilleurs clients. Sortez de mon restaurant, ou je vous transforme en pâté pour chiens.

— On s'en va, répondit un grand type boudeur.

— Et pour…

Le plus jeune désigna les toilettes de son menton imberbe.

La façon dont il le dit… Billy les dépassa et fonça dans les toilettes des femmes. Pas de Brandy. Il tourna sur lui-même et ne vit pas d'issue, même pas une fenêtre. Il ressortit et trouva Ulric, debout sur le seuil des toilettes des hommes.

— Où elle est ? gronda-t-il, prêt à foncer à l'intérieur.

— Pas ici, mon vieux. On dirait que ces types voulaient juste se poudrer le nez.

La cocaïne était toujours sur le comptoir, et les deux types de la table s'appuyaient au mur, les yeux écarquillés.

Mais pas de Brandy.

Soudain inquiet, Billy fonça le long du bar jusqu'à la troisième porte où se trouvait un signe sortie. Il émergea dans une ruelle et vit une Brandy à moitié évanouie, maintenue par un connard tout de noir vêtu, qui partait vers une voiture garée derrière.

Il ne réfléchit pas ; il réagit. Ses vêtements explosèrent, la fourrure jaillit, et il poussa un grondement en se mettant à courir vers Brandy et son ravisseur.

Le type tourna la tête, et soudain, il y avait un pistolet dans sa main. Plusieurs coups partirent.

Billy les évita, heureux que ce nul ne sache pas tirer. Le gars dut se rendre compte qu'il était dans la merde, car il lâcha Brandy et elle s'effondra au sol, toute molle. L'enfoiré courut vers la voiture.

Oh que non. Billy n'allait pas le laisser s'en tirer comme ça. Le type bondit sur le siège passager en hurlant :

— Roule ! J'ai un clébard enragé au cul.

C'est un loup, connard.

Le moteur rugit et Billy bondit. Ses pattes avant touchèrent le coffre au moment où la voiture partait. Elle décarra de la ruelle et ses pneus crissèrent dans le virage. Quand Billy atteignit le trottoir, elle avait déjà disparu.

Mince. Il avait au moins eu la présence d'esprit de mémoriser la plaque d'immatriculation. Il revint vers Brandy en trottant. Ulric l'avait déjà relevée du sol.

Maeve arriva alors que Billy se rapprochait, malgré Griffin qui disait :

— Ne panique pas. Billy et Ulric s'en occupent.

Si par « s'en occuper » il voulait dire que Billy avait laissé échapper le mec qui avait essayé de kidnapper Brandy.

— Brandy ! Oh mon Dieu. Qu'est-ce qui lui est arrivé ?

Le premier regard de Maeve fut pour son amie évanouie. Et puis elle avisa Billy sous sa forme lupine. Elle le montra du doigt.

— C'est le chien à qui, ça ? Je ne vois ni collier ni laisse. Ne le laissez pas s'approcher d'elle, on ne sait pas s'il est gentil.

Griffin murmura à l'intention de sa femme, mais ils entendirent tous :

— Ce n'est pas un chien.

Elle écarquilla les yeux.

— Alors qui est-ce ?

Elle regarda autour avant de marmonner :

— C'est Billy ? Mais ce n'est pas la pleine lune.

— Je dirais que c'est des circonstances particulières, répondit Griffin.

Sans blague. Quand Billy avait vu Brandy se faire kidnapper, il n'avait pas réfléchi ; il avait réagi. Maintenant, le seul problème, c'était comment retrouver sa forme normale. Quand c'était la pleine lune, une fois qu'il s'était transformé, le Lycan s'épuisait ou attendait que la nuit passe.

— Et la fourrure blanche ? Ce n'est pas normal sur cette zone, murmura Maeve.

— Peut-être qu'on pourrait parler de la drôle de couleur de Billy une autre fois. On ferait mieux de rentrer avant que le personnel commence à se poser des questions.

C'était Ulric qui venait d'exprimer la voix de la raison. Griffin grimaça.

— Pas faux.

— Je ne vais nulle part sans Brandy, déclara Maeve. Ils s'en fichent, dans le restau, du moment qu'on paie.

Quinn se porta volontaire :

— Je vais m'occuper de l'addition et du reste. Je leur dirai que les jeunes mariés ont été pris d'un accès de libido et que les autres sont partis danser.

— Je te donne un coup de main avec la note parce

que je doute que ta carte de crédit suffise, ajouta Wendell.

— Bon, en fait, tout le monde y retourne à part Ulric – et Billy, pour des raisons évidentes. Reprenez quelques verres. Wendell, laisse un gros pourboire et excuse-moi d'être parti de façon abrupte avec ma jeune épousée. Si quiconque pose des questions sur Brandy, dites qu'elle avait trop bu et qu'on l'a ramenée à la maison.

Tandis que Griffin établissait un plan, Maeve vérifia l'état de Brandy : elle souleva ses paupières et prit son pouls à son poignet et son cou.

Billy ne put que la regarder faire avec angoisse tandis qu'elle énumérait :

— Pas de difficultés respiratoires. La température semble normale. Mais elle a sans aucun doute été droguée.

— Comment ? Elle était avec nous tout du long, gronda Griffin.

Ce fut Ulric qui répondit :

— Quelqu'un lui a fait servir un verre.

— C'est couillu d'essayer de la kidnapper sous notre nez.

C'était une vraie claque dans la gueule, oui. Elle aurait dû être en sécurité, entourée par la Meute. Billy avait échoué à la protéger.

Comme s'il avait lu dans ses pensées, Griffin marmonna :

— Ce n'est pas de ta faute, Billy. Personne n'aurait pu s'attendre à un truc aussi culotté.

— Ça va aller pour elle ? demanda Ulric.

Maeve hocha la tête.

— Ça ira sûrement mieux après une nuit de sommeil. Mais elle risque d'être désorientée au réveil. Peut-être qu'elle vomira, vu l'alcool qu'elle a ingurgité. Je ne veux pas qu'elle soit toute seule. Je vais rester avec elle.

Ulric protesta.

— Que dalle. Je veux dire, non. Je peux gérer une fille qui vomit.

— Maeve, ça te va ? demanda Griffin.

Elle pinça les lèvres.

— Oui, mais si elle t'a l'air de ne pas être bien, tu m'appelles.

— Oui, patronne.

— Billy, tu viens avec nous à la boutique. Tu pourras t'y cacher jusqu'à ce que ton loup se rendorme.

Griffin continua à distribuer les rôles.

Abandonner Brandy ? Il secoua sa tête fourrée.

— Je crois qu'il n'aime pas ton plan. Vu comment il est à moitié allongé sur elle, je dirais qu'il veut rester dans les parages, remarqua Maeve, perceptive.

— C'est pas un souci. Billy n'a qu'à venir avec moi et Brandy, suggéra Ulric.

Cela convenait à Billy. Il fallait que quelqu'un garde un œil sur ce beau gosse d'Ulric et soit là pour s'excuser auprès de Brandy quand elle se réveillerait.

— On ne devrait pas récupérer les vêtements de Billy ? demanda Maeve en désignant le costume déchiré.

Il pouvait dire adieu à sa caution.

— Je vais rassembler ses affaires.

Ulric se mit en demeure de ramasser les morceaux de tissu et il trouva un portefeuille et un téléphone.

Maeve ricana.

— Et moi qui trouvais Hulk violent avec ses fringues.

Pour une femme qui n'était même pas au courant de leur existence il n'y avait pas si longtemps que ça, elle s'en sortait bien.

Griffin fit tinter les clés de Billy.

— J'oubliais qu'il était venu en voiture.

— Parfait. Ça nous évitera de prendre un taxi.

Ulric voulut se saisir des clés, mais Maeve les chopa la première.

— Tu as bu.

— À peine, protesta-t-il. Et j'ai pris de l'eau entre chaque verre. Je ne suis plus un jeune chien fou, je sais me contenir.

Même Griffin fut d'accord.

— Vu son métabolisme et sa taille, il faudrait qu'il prenne bien plus d'alcool que ça pour que ça l'affecte.

Maeve ne fut pas satisfaite avant de l'avoir fait se tenir sur un pied, fermer les yeux et se tapoter le nez tout en récitant l'alphabet à l'envers. C'est le moment que le père de la jeune femme choisit pour se pointer dans la ruelle.

— J'ai manqué un truc pendant que j'étais sorti fumer ?

Les cigarettes, une sale habitude, mais c'était juste le goût et l'odeur qui posaient problème. Bizarrement, les Lycans ne risquaient pas de cancers du poumon comme les humains. Maeve fit la moue.

— Quelqu'un a essayé de kidnapper Brandy.

— Sérieux.

Les sourcils de l'autre alpha disparurent presque sous l'effet de la surprise.

— Oui. Ils l'ont droguée à son insu et ils ont essayé de l'embarquer quand elle est partie pisser, expliqua Ulric.

Russel jeta un coup d'œil à Billy.

— J'imagine qu'il n'arrive pas à se retransformer ?

Il secoua la tête.

— Ne t'en fais pas. Une transformation par adrénaline passe en général dans les vingt-quatre heures. Va dormir un peu.

Griffin fronça les sourcils.

— En général ? Alors tu en as déjà vu ? J'en avais juste entendu parler. C'est mon premier cas.

— Parce que c'est rare.

— Et si Billy ne peut pas se transformer à nouveau, on fait quoi ?

— La pleine lune devrait suffire. Sinon, je connais une recette qu'on peut essayer, mais je te préviens, vu les ingrédients, je peux déjà te dire que c'est immonde, prévint Russel.

Billy grogna.

— On va espérer ne pas en avoir besoin alors, commenta Griffin. Ulric, mets-toi en route et envoie-nous un SMS s'il y a du changement.

— C'est ta nuit de noces, lui rappela Ulric.

— Tu te souviens de la conversation qu'on a eue la dernière fois où tu ne m'as pas prévenue pour Brandy ?

Maeve fusilla Ulric du regard jusqu'à ce qu'il s'agite, mal à l'aise.

— D'accord, j'appellerai. Putain.

Là-dessus, il souleva Brandy et, avec un gros loup velu à ses côtés, il la transporta jusqu'au parking où se trouvait la voiture de Billy. Celui-ci monta avec elle sur la banquette arrière, lui servant de coussin. Quand ils arrivèrent chez elle, Ulric le laissa sortir en premier en marmonnant :

— Assure-toi que la voie est libre.

Un repérage rapide révéla que personne ne traînait dans le coin à cette heure-ci. Ce n'est que quand il revint à la voiture qu'Ulric souleva Brandy et la transporta à l'étage, Billy sur ses talons.

Il la déposa avec précaution sur son lit. Ça ne posa pas de problème à Billy qu'il lui retire ses chaussures et même qu'il dénoue ses cheveux, mais quand il la fit rouler sur le côté et commença à desserrer ses vêtements, il grogna.

— Du calme, mon vieux. J'essaie juste de faire en sorte qu'elle soit à l'aise, dit Ulric en levant les mains.

Pas tout à fait serein, Billy se rapprocha de Brandy et s'allongea à côté d'elle pour monter la garde.

— On dirait qu'il ne me reste qu'à prendre le canapé, se plaignit Ulric.

Billy montra les crocs et Ulric haussa les sourcils.

— Je ne vais pas partir.

Billy posa la tête sur le ventre de la jeune femme et continua à le fixer.

— Maeve m'a dit de rester, et c'est la femme de l'alpha. Elle est bien plus flippante que toi. Je suis sur le canap' si tu as besoin de moi.

Ulric partit et après une heure passée à regarder Brandy dormir tranquillement, Billy se laissa enfin sombrer dans le sommeil à son tour.

Et il fit le plus beau des rêves, car elle s'y trouvait.

CHAPITRE 5

Brandy se réveilla, la bouche pâteuse. Étrangement, elle partageait son lit avec un gros chien. La dernière chose dont elle se souvenait, c'était avoir fait la fête au mariage de Maeve. Le vin avait coulé à flots, tout comme les shots de téquila. Il y en avait eu un bon nombre, et Brandy les avait enchaînés. Après le dessert, ses souvenirs devenaient brumeux.

Apparemment, elle avait dû passer dans un refuge pour adopter un autre animal. La grosse boule de fourrure ne bougea pas d'un pouce quand elle se dégagea de sous sa patte.

Au moins, elle avait toujours sa robe et sa culotte, ce qui voulait dire qu'elle n'avait pas fait n'importe quoi. Mais quand même, un chien-loup dans son lit ? Heureusement que ce n'était pas la pleine lune, sinon elle aurait pensé autre chose. Ulric et Quinn lui avaient expliqué comment fonctionnait la lycanthropie. D'après eux, les non-alphas avaient besoin d'une pleine lune pour se changer en loup.

Mais qu'est-ce qui m'a pris d'aller adopter un chien ? Surtout aussi gros.

Elle se leva et, à sa grande surprise, découvrit que Froufrou le chaton était blotti contre le canidé. Un bon signe ? Ou le calme avant que le chien-loup ne décide d'en faire son quatre-heures ?

Elle passa vider sa vessie aux toilettes et quand elle émergea de la salle de bain après avoir troqué sa robe froissée contre un long peignoir, le chien-loup avait disparu. À sa place, un homme nu était étendu sur son lit. Et beau gosse, en plus.

Il cligna des paupières et écarquilla les yeux en la voyant.

— Bonjour ! déclara-t-elle d'une voix joyeuse. Enfin, ça passerait mieux avec du café et un Doliprane. On dirait que j'ai un peu abusé hier soir parce que je ne me souviens de rien après la crème brûlée, mais vu que je me suis réveillée avec un loup dans les bras, je vais partir du principe qu'on a fait ça en levrette.

C'était une blague, mais quelle fut sa réaction ?

— Il faut que j'y aille.

Le beau gosse à poil bondit littéralement de son lit et sortit de la chambre en trombe.

Il reviendrait. Après tout, il n'avait pas de caleçon et même s'il parvenait à s'échapper, Brandy savait où travaillait l'inspecteur Billy Gruff.

Mais il n'alla pas loin. Brandy émergea dans le salon pour y trouver Ulric étendu sur son canapé, en caleçon. Pas mal, mais elle était bien plus intéressée par le corps de l'inspecteur Gruff. Musclé, compact. Appétissant, même si Billy grogna en voyant Ulric.

— Tu es toujours là.

— Bonjour à toi aussi, Inspecteur Grognon, déclara Ulric d'une voix traînante. Bien dormi ?

Plutôt que de répondre, Billy avait une exigence :

— Il me faut des fringues.

— Ne te sens pas obligé pour moi, le taquina Brandy qui passa tranquillement devant lui.

Il tenait ses mains devant son entrejambe. Elle mata ses fesses et se retint d'y mettre une petite tape. Elle entra dans la minuscule cuisine et faillit faire une crise cardiaque quand Froufrou se précipita entre ses jambes pour réclamer à manger.

Les miaulements frénétiques du pauvre félin affamé eurent la priorité, et ce ne fut qu'une fois que la boule de poils eut le museau dans sa pâtée qu'elle demanda :

— Quelqu'un veut du café ?

— Oh que oui ! s'exclama Ulric.

— Super. Il y a un café en bas de la rue. Prends-m'en un grand, trois sucres, un peu de lait, et la viennoiserie du jour, réclama Brandy tandis qu'Ulric se décrochait la mâchoire à cette commande.

Elle sourit et ajouta :

— Merci.

Ça le fit pouffer de rire :

— Bien joué.

Il attrapa sa chemise et l'enfila avant de mettre son pantalon. Il jeta un coup d'œil à Billy.

— Tu veux quelque chose ?

— Des fringues ?

— Tu as une tenue de rechange dans ta bagnole ?

Il hocha la tête.

— Dans le coffre. Je ne sais pas où sont passés mon portefeuille et le reste.

— Ton téléphone et ton portefeuille sont sur le bar.

Ulric agita les clés qu'il avait récupérées.

— Je reviens tout de suite.

Une fois Ulric parti, Brandy s'appuya à un mur et demanda :

— Bon, tu veux bien combler les blancs pour moi ? Parce que j'ai fait pas mal de trucs un peu fous dans ma jeunesse, mais c'est la première fois que je ramène deux mecs à la fois.

— Il y a eu un problème au restaurant.

— Quel genre de problème ? interrogea-t-elle alors qu'il hésitait à poursuivre.

— Quelqu'un a mis de la drogue dans ton verre et a essayé de t'enlever, lâcha-t-il.

Ce n'était pas la réponse à laquelle elle s'attendait. Sa bouche forma un petit O.

— C'était la pina colada, hein ? Je suppose que ce n'est pas toi qui l'as commandée pour moi alors.

C'était parce qu'elle pensait que ça venait de lui qu'elle avait bu le cocktail glacé.

Il secoua la tête.

— Non. Et ils ont failli t'emmener.

Elle pinça les lèvres.

— Tu les as chopés ?

— Non, grogna-t-il.

Il regarda autour de lui et repéra un plaid posé sur le dossier du canapé. Il s'en empara et l'enroula autour de sa taille.

— Qu'est-ce qui s'est passé ? Donne-moi des détails, s'il te plaît, parce que je ne me souviens de rien.

Ni d'avoir été kidnappée, ni sauvée, ou de comment elle s'était retrouvée au lit avec Billy le loup.

— On les a interrompus avant qu'un type puisse t'embarquer dans une voiture qui était conduite par une seconde personne.

— Je n'arrive pas à croire qu'ils se soient barrés, murmura-t-elle avec une moue.

— Et si. Ce qui me rappelle... je crois que je me souviens de leur numéro d'immatriculation.

— Tu crois ? renifla-t-elle. Connaissant Dorian, s'il y avait une caméra n'importe où dans la zone, il a déjà obtenu les films.

Le technicien de Griffin était capable d'accéder à des bases de données qui n'étaient pas ouvertes au public.

— Comment ça se fait que tu n'aies pas l'air plus paniquée que ça ? demanda-t-il.

— Parce que je ne me souviens franchement pas de grand-chose.

Elle hocha la tête.

— Et puis tu oublies, ce n'est pas la première fois que je me fais enlever. Mais là, c'est la deuxième fois que tu me sauves. Mon héros.

Il s'agita, embarrassé.

— Tu peux me passer mon téléphone ?

Il se rapprocha juste assez pour tendre la main, pas plus loin.

Elle le prit sur le bar et le déposa dans sa paume.

— Tu ne m'as toujours pas expliqué comment tu t'es retrouvé dans mon lit sous forme lupine. Je croyais qu'il n'y avait que Griffin qui pouvait se transformer hors de la pleine lune.

— D'après ce que Russel a dit hier soir, c'est causé par l'adrénaline.

— Quoi, Billy Gruff, tu t'es fait du mouron pour moi ?

Elle battit des cils.

— Mon héros.

Il grimaça.

— J'aurais sauvé n'importe qui se serait trouvé dans une telle situation.

Il minimisait les choses et elle aurait pu être vexée, mais elle en avait assez appris sur les Lycans pour savoir que ses excuses ne collaient pas à la réalité. Sinon, les gens auraient vu des loups bien plus souvent.

— Et le fait que tu aies dormi dans mon lit ?

— Je voulais rester à proximité au cas où tu serais mal au réveil.

— Et il y avait besoin de toi et Ulric pour me tenir les cheveux pendant que je dégueulais ?

— Ulric ne voulait pas partir, répondit-il de mauvaise grâce. Mais peu importe où j'ai dormi. On devrait parler des gens qui ont des raisons de vouloir t'enlever.

— Il n'y en a pas ?

Elle haussa les épaules.

— C'était peut-être une erreur. Je veux dire, ce n'est pas comme si j'étais une bombasse que tu peux vendre comme esclave sexuelle au marché noir.

— Tu es parfaitement attirante.

— Tais-toi, ô mon cœur affolé. C'était presque un compliment, ça.

Une fois encore, il fit la moue.

— Juste la vérité. Mais je doute que ce fût leur intention. Déjà, c'était sacrément culotté de s'en prendre à toi comme ça alors que tu étais entourée d'amis.

— Et pourtant, ils ont failli réussir, fit-elle remarquer.

— Tu as des ennemis ?

— Les carottes.

Il la regarda sans comprendre et elle expliqua :

— Je suis allergique aux carottes. Ces petites saloperies orange me donnent des boutons partout.

— Je parlais de vrais ennemis, des gens qui auraient de la rancune envers toi. Un ex-petit ami ?

— Un seul ex-taré, et il n'est plus un problème.

Putain, cela faisait des années qu'elle n'avait pas pensé à Clive. Ce connard flippant était derrière les barreaux, et c'était très bien comme ça.

— Peut-être la femme ou la copine de quelqu'un qui s'est lancée dans une vendetta jalouse ?

Le tournant que prenait son interrogatoire la fit rire.

— Tu es en train de m'accuser d'être la maîtresse d'un homme marié ?

— C'est le cas ?

— Non. Pour tout dire, ça fait à peu près un an que je ne suis sortie avec personne sérieusement. Le seul ex qui pourrait être capable d'un coup pareil est en taule depuis un moment.

— Son nom ?

— Tu ne m'as pas entendu quand j'ai dit qu'il était en taule ?

Là où était sa place.

— Ça ne coûte rien de vérifier.

— Vas-y. Et tant qu'on y est, regarde du côté de tes ex-petites amies aussi. Peut-être qu'il y en a une qui t'espionne et que ça l'a foutue en rage de voir que tu m'accompagnais au mariage.

— Ça n'a rien à voir avec moi.

— Ça, c'est toi qui le dis.

— Oui, c'est ce que je dis, lui renvoya-t-il d'une voix cassante.

— Je croyais qu'un bon détective examinait toutes les pistes.

— Oui, mais c'est une perte de temps. Je n'ai pas de relations.

— Pourquoi ça ?

Ses lèvres formèrent une ligne fine et elle n'eut pas l'occasion d'insister, car Ulric revint en portant l'ambroisie des dieux : du café et une viennoiserie au fromage blanc et à la cerise.

Hmm.

Billy prit la besace qu'Ulric avait ramenée et il passa dans la salle de bain pour se changer. Il en ressortit avec trop de vêtements sur le dos.

— Je ferais mieux d'y aller, annonça-t-il.

— Tu n'as pas peur que mon kidnappeur revienne ? le taquina-t-elle.

Billy leva son téléphone.

— Non, parce que d'après Dorian, la voiture que nous avons vue hier soir a été contrôlée ce matin et son conducteur est en garde à vue.

— Ohh. Qui c'est ?

— Je ne sais pas, mais je vais le découvrir. Tu viens ? demanda-t-il à Ulric.

Le visage de celui-ci s'éclaira.

— Tu comptes me laisser assister à l'interrogatoire ? Je fais le flic gentil.

— Tu ne viens pas au commissariat. Je te dépose en

passant, comme ça, Brandy pourra être un peu tranquille.

— Oh, ça ne me dérange pas si Ulric reste.

Le regard que Billy lui jeta la réchauffa jusqu'aux orteils.

— Ulric s'en va, hein ? vérifia Billy auprès de l'autre homme.

— J'imagine que oui. Après tout, de quoi ça aurait l'air si ton petit ami partait et que moi je restais ?

— Je ne suis pas son petit ami, gronda Billy.

— On n'était pas censés faire semblant de sortir ensemble ? Ne me dis pas qu'on a déjà rompu ? blagua Brandy.

Elle aurait pu jurer que Billy avait grogné comme un animal. Il cracha entre ses dents serrées :

— Je passerai voir comment tu vas tout à l'heure. Ferme à clé derrière nous. Ne réponds que si tu sais qui c'est, et même, tu m'envoies un texto.

— Oh oh, regarde qui me donne des ordres comme si l'on était vraiment en couple.

Brandy suivit les hommes jusqu'à la porte. Ulric sortit le premier, mais Billy s'arrêta sur le seuil.

— Ce n'est pas parce qu'on a déjà arrêté quelqu'un que tu ne dois pas continuer à faire preuve de prudence, recommanda-t-il.

— Tu es adorable quand tu es protecteur.

— Je suis sérieux.

— Mais si j'avais envie que tu sois mon héros de nouveau ? Après tout, tu es vraiment doué pour les sauvetages.

— Seulement parce que j'ai pu arriver à temps.

— Alors peut-être que tu devrais rester dans les parages.

Les narines de Billy frémirent.

— Je ne crois pas que ce soit une bonne idée.

— Pourquoi ? Tu as peur de ne pas arriver à faire semblant ? On n'a qu'à essayer, qu'est-ce que tu en dis ?

Avant qu'il puisse répondre, elle se hissa sur la pointe des pieds pour déposer un baiser sur ses lèvres. Il s'immobilisa, rigide comme une statue, jusqu'à ce qu'elle murmure.

— Si l'on veut que cette ruse fonctionne, il faut rendre ça crédible.

Cela le poussa à passer un bras autour d'elle et à l'attirer plus près de lui. Sa bouche recouvrit la sienne pour un baiser passionné et il marmonna :

— Ne fais rien d'idiot.

— Ne je ne promets rien, dit-elle tandis qu'il partait.

Il lui jeta par-dessus son épaule un regard sombre qui la fit se consumer de l'intérieur.

Putain, il était trop sexy pour son propre bien. Tout de même, en dépit de ses taquineries, elle fit attention et ferma le verrou. Mais quand on frappa moins d'une minute plus tard, elle ouvrit aussitôt en pensant que c'était lui ou Ulric qui avait oublié quelque chose.

Au lieu de quoi, ce fut Maeve qui entra, la mine perplexe.

— Qu'est-ce que tu as fait à ce pauvre Billy ? Il a fui hors d'ici comme s'il avait un troupeau d'oies aux fesses.

— Je ne suis pas ravie d'être comparée à un de ces terroristes à plumes.

On ne déconnait pas avec les bernaches du Canada.

— Au moins, il était de nouveau lui-même. C'était une surprise de le voir se transformer comme ça hier soir.

— Je suis heureuse que Griffin t'ait parlé de la lycanthropie avant votre mariage, sinon ça aurait été bizarre d'expliquer ça.

Elle avait fait connaître son opinion quant au fait de garder le secret. Griffin avait eu peur de lui dire, vu la réaction de sa propre mère à l'époque. Mais au final, il n'avait pas voulu démarrer sa vie avec Maeve sur un mensonge.

— Je n'arrive toujours pas à croire que j'ai épousé un loup-garou, dit Maeve en pouffant de rire. On dirait le titre d'un roman à l'eau de rose.

— Pour tout dire, je crois que j'en ai lu un qui s'appelait comme ça...

Brandy en avait dévoré des douzaines dans sa quête pour comprendre ce qui se passait.

— Je me demande pourquoi son loup avait le pelage blanc, cela dit. Vu ses cheveux bruns, on aurait pu s'attendre à ce que sa fourrure soit assortie.

Brandy pinça les lèvres.

— Bonne question.

Il faudrait qu'elle lui pose la question quand il reviendrait – s'il revenait.

— Comment tu te sens ? demanda Maeve. Tu as l'air de t'être remise d'avoir été droguée hier soir.

Brandy fronça le nez.

— Je me sens bien, mais bête. Je n'arrive pas à croire que je ne me sois pas demandé d'où venait ce verre. D'habitude, je suis plus prudente que ça.

— Pour ta défense, c'était culotté de leur part. Je suis juste heureuse que tu ailles bien.

Maeve la serra contre elle.

— Je vais bien, d'accord, mais et toi ? Qu'est-ce que tu fais là ? Tu es censée être en voyage de noces.

— Griffin a décalé notre vol pour que je puisse passer voir comment tu allais avant de partir. Et heureusement, vu que Billy et Ulric t'ont abandonnée.

— Billy n'a pas laissé le choix à Ulric.

— On dirait que ton faux petit ami a besoin de travailler sur sa jalousie.

— J'aimerais bien, répondit Brandy en pouffant de rire. Sérieux, d'abord il me sauve d'un enlèvement et il dort dans mon lit, ensuite, il prend la fuite hors d'ici comme s'il avait la mort aux trousses.

— Attends, il a dormi avec toi ?

— Oui, et il a dû laisser une tonne de poils de loup sur mon lit. Il ne s'est rien passé, se hâta-t-elle d'ajouter en voyant la mâchoire de Maeve se décrocher.

— Tu as l'air déçue.

Parce que c'était le cas.

— Si ça doit arriver, ça arrivera.

Après tout, s'il y avait une chose qu'elle avait apprise en lisant toutes ces romances avec des loups-garous, c'est que quand il s'agissait de trouver son ou sa partenaire, on ne pouvait pas lutter contre le destin.

Et Brandy était assez certaine que Billy était destiné à être son homme-loup.

CHAPITRE 6

Il fallait que Billy s'éloigne de chez Brandy le plus vite possible. Il toucha à peine la pédale de frein en prenant le virage.

— Putain, mon vieux, à quoi est-ce qu'on cherche à échapper, là ? demanda Ulric en posant une main sur le tableau de bord pour se stabiliser.

— Je conduis, c'est tout. Tu es une mauviette ou quoi ?

Il cherchait Ulric exprès pour ne pas avoir à s'avouer qu'il fuyait comme s'il était terrifié.

Non sans raison.

Brandy lui avait foutu la trouille comme jamais.

Non, ce n'était pas exact. C'était ce qu'elle lui avait fait ressentir qui était terrifiant, pas elle en tant que personne.

— Je suis assez à l'aise avec ma virilité pour ne pas me faire prendre au jeu de ta masculinité toxique et je reconnais que je préférerais arriver vivant.

Billy se mit à pouffer, et heureusement, il y eut un

feu rouge ce qui lui permit d'éclater de rire pour de bon.

— C'est gonflé de la part d'un type qui faisait du VTT dans les Gorges de la Mort.

— J'ai choisi d'être moins casse-cou en vieillissant.

— En vieillissant ?

Ça lui tira un reniflement. Le feu passa au vert et il appuya sur l'accélérateur, mais moins fort qu'auparavant.

— On est à peine à la moitié de nos vies.

— Ne me le rappelle pas, dit Ulric avec une moue malheureuse.

Ne pose pas de questions. Ne pose pas de questions, se répéta-t-il. Et pourtant, il lâcha :

— Est-ce que ça va ?

C'était une question intime, adressée à quelqu'un qu'il connaissait depuis un moment, mais dont il n'était pas aussi proche que d'autres membres de la Meute, comme Griffin.

— Ça va, c'est juste que je n'arrive pas à trouver la femme qu'il me faut.

Billy toussa.

— Tu broies du noir à cause de ton absence de vie amoureuse ?

— Oui. Je veux trouver la bonne. Apparemment, je ne sais pas où chercher.

Cette révélation fit perdre les pédales à Billy.

— Quand tu t'y attends le moins, c'est là que tu la rencontres et *bim*.

Ulric lui jeta un coup d'œil alors qu'il ralentissait à un nouveau feu rouge.

— Tu as l'air de parler d'expérience. C'est quelqu'un que je connais ?

Le petit fourbe.

Ne bouge pas. Ne réagis pas.

Billy se racla la gorge.

— Je ne compte pas me poser un jour, tu le sais.

Il avait été aux premières loges pour voir ce qu'il advenait de l'amour. Ça commençait tout feu tout flamme et puis ça devenait une spirale toxique qui nè faisait que se répéter. Cela l'étonnait qu'il n'y ait pas plus de gens qui évitent carrément de se mêler aux autres.

— Je te parie que tu vas tomber amoureux fou. Je suis prêt à miser là-dessus.

— Combien ? demanda Billy. Cent balles ?

Ulric renifla.

— Ne sois pas ridicule.

Il marqua une pause.

— Je te parie cette moto sur laquelle tu bosses dans ton garage.

— Tu es dingue ? Elle vaut des milliers.

— Et ? Tout le but d'un pari, c'est qu'on y croit. Si tu penses vraiment que tu ne tomberas pas amoureux et que tu ne te mettras pas en ménage, alors parie dessus. Là, maintenant.

Sa bouche s'assécha. Son cœur se mit à battre à toute allure. La réponse était sur le bout de sa langue. Il secoua la tête.

— Tu es dingue. Je ne peux pas te ruiner comme ça en gagnant.

— Tu vas trop tomber amoureux, chantonna Ulric.

C'est comme agiter un drapeau rouge sous le nez du destin. Je vais bien m'amuser.

— Je ne parie pas parce que c'est stupide, gronda Billy.

— C'est ça, oui. Tu n'as pas du tout peur de tomber amoureux de Brandy.

— Tu es dingue. Brandy ne m'intéresse pas.

— Ça t'arrive souvent de te blottir contre des filles après t'être transformé en loup par surprise ?

Il pinça les lèvres.

— C'était un accident.

— Si tu le dis.

Ulric reprit en posant une question faussement innocente.

— Tu es parti super vite de chez Brandy, là. Il y a quelque chose que je devrais savoir ?

Ne bronche pas.

Il garda ses yeux sur la route et répondit :

— Je t'ai dit que j'avais reçu un message de Declan. Il faut que j'aille au commissariat.

— Si c'est si urgent, pourquoi tu m'as ramené aussi ? J'aurais pu me trouver une voiture.

Billy tourna et prit une route où il y avait moins de circulation.

— Te déposer, c'est juste un détour de quelques minutes.

— Dit le type qui évite normalement d'être vu avec moi.

— C'était avant que tu me convainques de faire semblant de sortir avec Brandy.

— De rien. Tu dois reconnaître que c'est une super idée qui nous permet de nous voir davantage en public.

— Je risque quand même de me faire virer pour traîner avec un vendeur de drogues et son équipe.

— C'est pas grave, tu n'auras qu'à travailler comme privé ou spécialiste en sécurité.

— Tu as pensé à tout.

— Disons que j'y ai réfléchi. Ça me manque de passer du temps avec toi, frangin.

— Moi aussi, souffla Billy.

Ulric avait fait partie de sa vie à la fac, et il avait rencontré Griffin grâce à lui. Les frères de la confrérie étudiante étaient devenus des frères loups.

— Réfléchis juste à quel point ça serait cool de pouvoir se voir plus souvent. Je suis déjà là au moins une fois par semaine pour dîner avec Brandy. Elle me botte les fesses au bowling en ligne.

Billy enfonça la pédale de frein et la tête d'Ulric partit vers l'avant.

— Oh là, mec. Je croyais que tu avais fini d'essayer de nous tuer. C'est quoi le souci ? T'es jaloux ?

— Non, marmonna-t-il, la mâchoire serrée.

— Alors, le fait que je repasse par chez elle à l'heure du déjeuner pour voir comment elle va, ça ne te dérange pas ?

— Du tout.

Ses mains se crispèrent si fort sur le volant qu'il craignit de le casser en deux.

— Tant mieux. Alors, pour le type que les flics ont arrêté, tu as des détails ? Genre, pourquoi ils l'ont arrêté à la base ? Je ne pensais pas que Griffin laisserait Maeve déposer plainte.

Billy secoua la tête.

— Ils ont arrêté la bagnole parce qu'elle était volée.

C'était le message qu'il avait reçu de la commissaire en personne quand il était parti de chez Brandy. On lui demandait de passer le plus vite possible.

— On t'appelle toujours pour les vols de voiture ? Je pensais que tu travaillais plutôt sur les affaires de flingues et de gangs.

— D'habitude, mais apparemment, le type qu'ils ont arrêté refuse de parler à quiconque d'autre que moi.

— Ça veut dire qu'il te connaît.

Billy haussa les épaules.

— Peut-être. On ne m'a donné ni son nom ni sa photo. Je suppose que je le saurai bientôt.

— Tu es sûr que je ne peux pas venir aussi ?

— Et comment je suis censé expliquer ça à ma cheffe ?

Ulric eut un grand sourire.

— On n'a qu'à dire que je suis ton informateur.

— Ou bien tu pourrais juste me laisser faire mon boulot.

Il s'arrêta devant une chaîne de fast food populaire.

— C'est ici que tu descends.

— Mais on est encore à trois cents mètres de chez moi.

— Fais marcher tes jambes.

— Tu es nul, grommela Ulric en sortant de voiture sous une pluie légère.

— C'était sympa de te voir aussi.

Billy démarra en trombe en pianotant des doigts sur le volant. Il n'avait pas du tout apprécié les questions d'Ulric. L'accuser d'avoir craqué pour Brandy. Ou sous-entendre qu'elle était la bonne pour lui.

Pas. Moyen.

Et il ne passerait pas une seconde supplémentaire à penser à elle. Il ferait mieux de réfléchir à ce à quoi il allait faire face au commissariat : c'était étrange que sa cheffe l'ait contacté directement avec ce SMS : *On a un suspect en garde à vue. Il ne parlera qu'à vous.*

Très étrange, mais ça ne l'empêcha pas de passer d'abord par chez lui pour prendre un café rapide et se changer. C'était censé être son jour de congé, mais il ne pouvait pas vraiment ignorer un tel message de sa patronne. Il se gara sur le parking des employés, entra et salua ses collègues. Un signe de tête, un salut de la main, et un « Hé » à voix basse.

Il abandonna les zones publiques pour se rendre à son bureau. Il ne s'y trouvait rien de personnel sauf si l'on comptait la tasse ébréchée de la friperie. Il s'assit, entra son mot de passe et l'écran passa de la page de connexion au bureau, où l'icône des messages montrait qu'il en avait reçu des nouveaux. Avant qu'il puisse cliquer et commencer à les lire, la commissaire entra et marcha droit vers lui.

Il se leva.

— Patronne.

— Dans mon bureau, s'il vous plaît.

Elle passa droit devant lui, s'attendant à ce qu'il lui emboîte le pas.

C'était une Asiatique de presque cinquante ans qui était dans la police depuis trente, et elle avait choqué bien des gars qui étaient habitués à avoir un homme pour patron. Surtout qu'elle avait été recrutée hors de la province. Mais la Commissaire Bonnet savait gérer son affaire et on l'écoutait quand elle aboyait.

— Asseyez-vous, Inspecteur.

Elle s'installa derrière son bureau.

— Je sais que vous avez dû avoir mon message, sinon vous ne seriez pas là.

— En effet. Que sait-on ? Votre message n'en disait pas long, et je n'ai pas eu le temps de lire quoi que ce soit d'autre.

— C'est une drôle de situation. On a reçu un appel hier soir à propos d'une voiture volée. On a localisé le véhicule tôt ce matin et le conducteur a été arrêté. Il s'avère qu'il est dans notre système.

Elle tourna l'écran pour qu'il puisse le lire.

— Harold Brunner. Ça vous dit quelque chose ?

Le nom le prit par surprise.

— C'est le même Harold Brunner que j'avais choppé pour trafic de flingues ? Il n'est pas en taule ?

Elle hocha la tête.

— Il y est allé, mais pas longtemps. Vu la surpopulation carcérale, les criminels non violents sont libérés sous condition. Il est sorti il y a environ une semaine.

— Et il a déjà été arrêté pour vol de voiture ?

Il y avait des fois où on se demandait si la taule manquait aux criminels.

— Pas tout à fait.

— Mais vous avez dit qu'il conduisait une voiture volée.

— Déclarée volée.

La commissaire marqua une pause avant d'annoncer :

— Elle appartient à Harold Brunner.

Billy cligna des yeux.

— Je suis perplexe.

— On l'était aussi. Vous voyez, quand on a arrêté sa

voiture, on ne savait pas qui il était. Il ne voulait pas donner son nom ni de pièce d'identité, alors on l'a emmené au poste et il a été mis en garde à vue pour vol de voiture. C'est seulement ensuite qu'on s'est rendu compte qu'il était déjà dans le système et qu'on a découvert que la voiture lui appartenait.

— Ce qui veut dire qu'elle n'a pas été volée. Pourquoi vous ne l'avez pas relâché ?

— Parce qu'il refuse de partir. Depuis qu'il a été amené ici, il demande à vous parler.

— Pourquoi ?

Il n'y comprenait rien. Ça faisait des années qu'il s'était occupé de cette affaire. À moins... Est-ce que c'était Brunner derrière la tentative d'enlèvement de Brandy ?

— Nous n'en savons rien. On lui a dit qu'il était libre de partir et il refuse de le faire tant qu'il ne vous aura pas parlé.

— Ça concerne la personne qui a déclaré le vol ? Il veut qu'on trouve qui lui a joué ce tour ?

C'était un numéro d'équilibriste entre poser les bonnes questions et ne pas en révéler trop quant à son accrochage précédent avec Brunner. Si l'on partait du principe que c'était bien lui, pourquoi s'en était-il pris à Brandy ? Billy supposait que ça devait avoir un rapport avec l'affaire pour lequel il l'avait arrêté, une sorte de vengeance.

— C'est ce que vous allez devoir découvrir. Demandez à l'accueil. Lorraine vous indiquera dans quelle salle il est.

Billy sortit du bureau de sa cheffe en se demandant comment il pouvait convaincre Brunner de partir. S'il était impliqué dans l'affaire avec Brandy, alors il fallait qu'il s'occupe de lui ailleurs que sous le nez de ses collègues. Mais il ne pouvait pas vraiment le foutre dehors de force. Sa cheffe aurait encore plus de questions s'il faisait ça.

Peut-être que Brunner voulait juste le maudire de l'avoir arrêté ? Peut-être que ça n'avait aucun rapport avec Brandy ?

Même lui n'y croyait pas. Mais cela voulait dire qu'il allait devoir être très prudent. En entrant dans la salle d'interrogatoire, il fallait qu'il reste conscient du miroir sans tain et des caméras qui enregistraient tous ses faits et gestes.

Il ne devait rien laisser échapper. Si Brunner disait quelque chose à propos de Brandy, il devrait faire comme si de rien n'était. Cet homme était mort. Il ne le savait pas encore, et c'était de sa propre faute. Brunner n'aurait jamais dû essayer de kidnapper Brandy. Il était devenu un danger.

Billy entra dans la salle d'interrogatoire et découvrit que Brunner n'avait pas beaucoup changé : émacié, la peau grasse, des cheveux longs et sales. Il puait la clope et avait un rictus.

— Si ce n'est pas l'inspecteur qui m'a mis la main dessus. Je commençais à m'impatienter.

— Salut, Brunner. Je dois dire que je suis flatté que tu prennes toute cette peine juste pour une petite discussion. Ça va te coûter une fortune pour récupérer ta bagnole à la fourrière.

— Gardez-la. Je n'en ai pas besoin.

Brunner avait toujours une mine réjouie.

— Tu sais, tu aurais juste pu m'appeler.

— Ça serait pas drôle. Je voulais te voir en personne pour te faire passer mon message.

— Et c'est quoi, ton message ?

Billy essaya de rester impassible tandis qu'il attendait la réponse.

— Que tu n'aurais pas dû te mêler de ses affaires.

— Les affaires de qui ?

— Les siennes, répondit Brunner avec un sourire qui était plus flippant que joyeux.

— Si tu es juste là pour me faire perdre mon temps…

Billy commença à se lever.

— J'ai pas fini, marmonna Brunner.

Billy resta dans la pièce, mais ne s'assit pas.

— Je ne suis pas très intéressé par ce qui peut sortir de ta bouche de menteur. D'après moi, ils ont fait une erreur en te laissant sortir pour bonne conduite.

— Ils n'avaient pas le choix. Ça faisait partie du marché.

— Quel marché ? demanda-t-il, bien trop conscient qu'on les écoutait.

Ça voulait dire qu'il ne pouvait pas bondir en travers de la table, agripper Brunner et le secouer comme un prunier pour lui faire dire qui s'en était pris à Brandy.

— Celui qu'il a offert.

La révérence qu'il y avait dans sa voix était inquiétante. Les gens qui vénéraient un meneur étaient imprévisibles. Une meute menacée devrait répondre avec une force discrète, mais létale.

— Et c'est quoi, ce supposé message pour moi ?

— Tu vas payer pour ce que tu lui as fait.

— Ça serait pas mal d'avoir un nom, parce que j'ai fait des tas de choses à des tas de gens.

— Il...

L'alarme incendie se déclencha et Brunner se leva.

— Et c'est le signal du départ.

— Oh non.

Billy se rapprocha de Brunner et, assez bas pour que le micro ne le capte pas, il gronda :

— Pourquoi vous vous en êtes pris à cette femme hier soir ?

— Parce qu'il nous a dit de le faire.

Avant que Billy puisse le secouer pour lui faire cracher le nom, la porte s'ouvrit et le sergent Markol aboya :

— Tout le monde dehors. Ordre de la cheffe.

Le regard de Markol se posa sur Brunner.

— On lui passe les menottes et on le met avec les autres ?

Même si Billy aurait vraiment voulu voir Brunner derrière les barreaux, il n'avait pas de motif pour le faire. Et puis, il préférait que Brunner soit relâché, parce que comme ça, il pourrait le capturer pour l'interroger de son côté sans que sa hiérarchie soit au courant.

— M. Brunner n'est pas en état d'arrestation, déclara-t-il alors que l'autre se levait.

— Je suis un homme libre, Ducon. Libre de faire ce que je veux, à qui je veux.

Cette dernière phrase s'adressait à Billy qui serra les poings pour éviter de lui mettre une droite.

Ça viendrait. Brunner aurait ce qu'il méritait.

Et pas la peine de juger : Billy avait longtemps suivi la loi, et qu'est-ce que ça avait donné ? Encore et encore, des salopards incapables de se racheter avaient été laissés libres de leurs mouvements et de terroriser la population. Il fallait que ça s'arrête. Surtout maintenant que Brandy avait été menacée parce que Brunner voulait se venger du flic qui l'avait mis sous les verrous.

Vu la façon dont ses priorités se réalignaient, il était peut-être temps de réfléchir à sa carrière.

Billy resta à quelques pas derrière Brunner alors qu'ils rejoignaient la foule dans le chaos qu'était devenue la réception. La plupart des gens partaient vers la porte — sans se presser, car ce n'était pas la première fausse alarme — mais un type entra avec un sac de sport. Billy avait envie de l'ignorer. Il aurait fallu être fou pour tenter quelque chose ici avec tous ces flics autour. Fou ou suicidaire. Mince. Billy changea de direction, mais se rendit compte que Brunner allait aussi droit vers le type avec son sac.

Oh oh.

Le type plongea la main dans le sac de sport et quelqu'un hurla :

— Il a un flingue !

Effectivement, il se retrouva avec un fusil de chasse dans une main et un pistolet dans l'autre. Brunner prit l'arme qu'on lui tendait et pivota en direction de Billy.

Les gens se mirent à hurler et à s'enfuir, dégageant l'espace entre Billy et Brunner. Il se courba quand Brunner pressa la gâchette. Son agresseur continua à tirer et, heureusement, à le manquer, tandis que Billy plongeait derrière le comptoir de la réception pour s'abriter avec Pollard et Higgins.

On entendit la détonation reconnaissable du fusil de

chasse, et puis le pan des armes de service alors que les policiers qui se trouvaient là s'occupaient de la menace.

Quand les tirs s'arrêtèrent, Billy se leva en faisant de son mieux pour ignorer les hurlements et se concentrer sur les cadavres au sol. Seulement deux. Brunner et son complice. Il ne voyait pas d'autres blessés dans les parages.

L'alarme continua à sonner, mais les personnes qui restaient à l'intérieur l'ignorèrent et rejoignirent en boitillant les endroits où ils s'étaient abrités pour se regrouper. La commissaire vint se tenir à côté de lui.

— C'était quoi, ça, bon sang, Gruff ?

— Je ne sais pas. Dans la salle, il a laissé entendre que quelqu'un le poussait à faire ça.

— Qui ?

— Il ne l'a pas dit.

En regardant les corps au sol, il fut pris d'une vague de frustration en se rendant compte qu'il ne connaîtrait peut-être jamais la réponse.

CHAPITRE 7

Brandy entendit parler de l'incident quand elle descendit acheter quelques trucs à manger. Apparemment, deux déséquilibrés avaient sorti des pistolets au commissariat et commencé à tirer. Vu le nombre de tirs, c'était un miracle qu'ils soient les seuls à avoir été tués. Tous les autres s'en étaient sortis avec des blessures sans gravité. Cette information rassurante ne l'empêcha pas d'envoyer un SMS à Billy.

Est-ce que ça va ?
Pas de réponse.
Ne m'oblige pas à venir vérifier au commissariat !
Là, il répondit vite.
Ça va.
Tu as besoin d'une infirmière ?
Non.
Tu es sûr ?
Et comme elle pouvait être pénible, elle joignit une photo d'elle à Halloween, dans un uniforme d'infirmière sexy indécent.

À sa surprise, cela lui valut un émoticon aux yeux écarquillés.

Tu passes plus tard ? demanda-t-elle.

Elle ne savait pas encore si sa venue avec elle au mariage était une occasion unique.

Il fallut une minute à Billy avant de répondre.

Peut-être. Ça dépend combien de temps je reste coincé ici.

Il n'avait pas dit non. Oh yes.

Mais il en avait encore pour plusieurs heures visiblement. Plein de temps pour voir comment ça allait au bureau. Acheter du vin. Et s'assurer que les parties qu'elle avait épilées avaient survécu. Elle avait sorti la cire pour le mariage.

Il ne lui fallut guère de temps pour marcher jusqu'à la clinique. Elles l'avaient fermée pour la lune de miel de Maeve. Mais si tout se passait bien et qu'elles agrandissaient les lieux, elle pourrait mettre en place une rotation et avoir quelqu'un de disponible à peu près tout le temps.

L'une des premières personnes qu'elles embaucheraient serait Boris, le fils d'Oncle Bernard, qui avait fini son internat de médecine. Il était le seul fils à ne s'être jamais transformé, même s'il avait été mordu plus d'une fois. Ses frères s'étaient tous transformés direct.

Brandy avait énormément de questions quant aux morsures et à la lycanthropie en général. Il y en avait certaines auxquelles les gars ne pouvaient répondre. Comme pourquoi ne pas prendre les hommes quand ils étaient plus vieux et que leurs années de fertilité étaient derrière eux, plutôt que de les stériliser quand ils étaient jeunes. Qu'arrivait-il à leur sperme quand ils se transformaient ? Avaient-ils des traces écrites ou bien toutes leurs connaissances étaient-elles transmises oralement, ce qui les rendait susceptibles d'être déformées ?

Il y avait pas mal de monde sur le trottoir devant le bureau à cette heure-ci, ce qui voulait dire qu'elle se rappela sans mal de verrouiller la porte après être entrée. Elle réenclencha même l'alarme.

Même si le bureau était fermé, les emails et les fax continuaient à arriver, et ça pouvait devenir ingérable si l'on ne s'en occupait pas. Brandy tria les messages, rappela les gens pour mettre des rendez-vous, et s'occupa des autres demandes.

Elle garda l'email sans titre pour la fin. C'était encore le type chelou qui lui envoyait des messages.

C'est pour bientôt. Envoyé l'après-midi du mariage. Cela lui fit penser à la tentative d'enlèvement. Son harceleur avait-il décidé de passer à la vitesse supérieure ?

Il était peut-être temps de parler de ces emails à Billy.

Elle imprima le dernier message et récupéra les autres dans le dossier corbeille avant de les imprimer aussi.

C'était peut-être juste une coïncidence – c'était ce que toutes les filles disaient face aux trucs qui les mettaient mal à l'aise. Il valait mieux avoir l'air bête que se mettre en danger.

Bang. Bang. Bang.

Elle releva vivement la tête en entendant frapper à la porte, mais elle ne répondit pas.

La clinique était fermée. Il y avait une grande affiche à la porte qui le disait.

Bang. Bang. Bang. La porte trembla sur ses gonds tellement on frappait fort. Le verre fumé tint bon.

Brandy eut le temps de se trouver une meilleure arme que son écran d'ordinateur. Elle serra dans sa paume moite la matraque qu'elle avait été acheter dans une boutique dédiée à la sécurité et qu'elle avait nommée Billy par ironie.

En cet instant, elle regrettait vraiment que Maeve soit si opposée à l'idée d'avoir des caméras pour ne pas filmer les patients. Respecter leur intimité, bla bla bla. Et la protection de ses employés, hein ?

Son téléphone à la main, elle réfléchit à qui appeler. Ce fut Billy qui lui vint en premier à l'esprit. Il était un parfait chevalier en mode flic grognon. Cela dit, il était occupé par la fusillade au commissariat. Et si elle n'avait le temps d'appeler qu'une seule personne ?

Tap. Tap. Tap.

Les coups légers ne la rassurèrent pas, mais elle se précipita quand elle entendit Ulric beugler :

— Oh, Brandy, tu es là ?

Elle ouvrit la porte en grand pour le tirer à l'intérieur et l'engueuler :

— Ça va pas bien de me foutre une trouille pareille ?

— J'ai frappé tout doucement, protesta-t-il.

— Doucement ? Ça a secoué toute la porte. Tu ne t'es pas dit que si ça ne marchait pas la première fois, ça ne servait à rien de recommencer ?

Il la fixa.

— De quoi tu parles ? Je viens d'arriver.

L'appréhension lui serra le ventre.

— Ne te fiche pas de moi.

— Mais non. Dorian a dit que quelqu'un avait ouvert l'ordinateur avec tes identifiants, alors je suis venu pour garder un œil sur toi.

— Alors ce n'était pas toi qui as frappé super fort à la porte, juste avant tes petits coups tout doux ?

Il secoua la tête.

— Mais c'est sans doute une bonne chose que tu n'aies pas répondu.

Elle pinça les lèvres.

— Je doute que cela ait été quelqu'un avec de mauvaises intentions. Probablement juste une personne qui voulait vraiment voir un médecin.

Elles avaient chaque semaine quelques patients mal élevés qui semblaient penser que leur maladie les autorisait à passer devant les autres.

— Oui, bon, on ne peut pas être trop prudents. Billy ne sera pas toujours là pour te sauver. Putain, c'était quelque chose hier soir. J'ai cru qu'il allait faire voler tout le monde autour pour t'atteindre plus vite.

— On parle bien du Billy qui a pris la fuite ce matin ?

— Ça, c'est parce que tu le touches.

Elle renifla.

— J'en doute vraiment. Puisqu'on en parle, il a dit qu'il passerait peut-être plus tard, mais il n'a pas dit à quelle heure. Tu veux prendre quelque chose au traiteur chinois ? Comme ça, s'il vient, j'aurais quelque chose de correct à lui réchauffer.

Et s'il ne venait pas, de quoi manger pour le reste de la semaine.

— Toi et Billy avez rendez-vous ?

— Peut-être.
C'était ce que laissait entendre son SMS.
Mais elle aurait dû savoir que Billy gâcherait tout.

CHAPITRE 8

Malgré les heures de paperasses requises après une fusillade ayant fait des victimes, Billy était heureux que Brunner et son ami soient à la morgue plutôt qu'en train de planifier leur prochaine tentative d'enlèvement. La voiture qu'ils avaient saisie ? La fouille du coffre avait révélé de la corde, du gros scotch, un bâillon et un flacon qui devait être le produit qu'ils avaient versé dans son verre.

Et il ne doutait pas qu'ils auraient réessayé parce que les deux morts avaient une vendetta personnelle envers lui. Ce n'était sûrement pas une coïncidence que Billy ait reconnu le partenaire de Brunner, Sal Koover. Un autre escroc qu'il avait mis à l'ombre.

La question à se poser : était-ce Koover, celui que Brunner appelait *il* ? Ou bien Billy devait-il s'inquiéter d'une autre personne encore en coulisses ? En même temps, qui pouvait bien avoir inspiré Brunner à être prêt à mourir pour lui ? Ce genre de types ne se préoccupaient généralement que d'eux-mêmes.

Il fallait des réponses à toutes ces questions, mais le

plus important, c'était de savoir si Brandy était toujours en danger. En danger à cause de lui.

Ils voulaient lui faire du mal en s'en prenant à Brandy.

C'était inacceptable, et c'était pour cela qu'il quitterait la ville dès le lendemain. La cheffe serait obligée de lui accorder des petites vacances, car il dirait qu'il avait été traumatisé de voir une personne à qui il venait juste de parler de mourir criblée de balles. Elle saurait que c'était des conneries, mais elle ne pourrait pas dire non vu que maintenant on faisait très attention à la santé mentale au travail.

Vu l'heure qu'il était quand Billy quitta le commissariat, il aurait dû rentrer chez lui et se coucher de suite. Au lieu de quoi, il passa devant chez Brandy. Il roula dans sa rue. Il ne vit pas de lumière ni de voitures qui n'avaient pas à être là. Enfin, comment aurait-il pu le savoir ? Ce n'était pas comme s'il avait vérifié les plaques minéralogiques de chacune pour voir si elles avaient une raison de se trouver là. En partant du principe que si Brunner et Koover avaient un complice, cette personne connaissait l'adresse de Brandy. Il ne le saurait que grâce à Dorian. Ce n'était pas si facile qu'on aurait pu le penser d'avoir accès légalement aux informations personnelles des gens qui faisaient attention à ne pas laisser de traces en ligne. Les médias sociaux de Brandy disaient qu'elle vivait à Ottawa. Elle n'était pas enregistrée. Sans ses connexions, il n'aurait pas eu son adresse.

Ce qui voulait dire qu'il était peu probable qu'un complice de Koover ou Brunner ait réussi à l'obtenir, sinon, ils s'en seraient pris à elle chez elle. Il supposait qu'ils l'avaient suivi, lui, et que quand qu'ils avaient vu sa cavalière, ils avaient saisi l'occasion de lui faire du mal.

De faire du mal à Brandy.

Il faillit casser son volant. Il fallait qu'il s'assure de ne pas la mettre en danger à nouveau. Il ne vit personne le suivre, mais il ne prit pas de risques et ne se gara pas près de chez elle. Il préféra se garer à un endroit où le lampadaire clignotait et donnait une mauvaise visibilité. Il resta dans les ombres et revint chez elle en faisant des détours et en restant alerte au cas où il serait observé. Il n'eut pas de frisson prémonitoire et il monta les escaliers qui menaient à son appartement quatre à quatre.

Les fenêtres sombres laissaient entendre qu'elle était partie se coucher, mais il fallait qu'il en soit certain. Et si Brunner et Koover n'avaient été que des distractions ? Et si ce *il* dont Brunner parlait agissait sans eux ? Peu importe qu'Ulric ait sans doute vérifié comment elle allait et qu'il lui ait envoyé un message s'il y avait un problème. Il fallait qu'il voie par lui-même que tout allait bien.

Il crocheta la serrure avec plus d'aisance que son syndicat de police n'aurait appréciée, et il entra en silence. L'appartement avait l'odeur de la jeune femme et de son satané chat, qui vint le saluer en grimpant de sa jambe jusqu'à son menton pour s'y frotter.

Il porta le chaton jusqu'à la chambre et y vit le lit vide. Il aurait pu paniquer s'il n'avait pas entendu la porte d'entrée s'ouvrir brusquement derrière lui. Il n'eut pas besoin de se retourner pour savoir que Brandy était rentrée.

— Ne fais pas de gestes brusques, sinon...

— Sinon quoi ? demanda Billy en se retournant pour voir qu'elle tenait un parapluie d'un air menaçant.

— Billy ? Je ne m'attendais pas à te voir. La prochaine fois, préviens, j'ai failli t'assommer.

Elle agita le parapluie devant lui avant de le caler dans un panier à la porte avec deux autres.

— Je suis venu voir comment tu allais, mais tu n'étais pas là.

Il ne put retenir une pointe d'accusation dans sa voix.

— Parce que j'étais sortie.

— Pourquoi tu sors après ce qui s'est passé ? aboya-t-il, plus agressivement qu'il n'aurait dû.

Il avait passé une sale journée.

— C'était le hasard, ce qui s'est passé. Et au cas où tu ne t'en serais pas aperçu, je suis une adulte capable de prendre ses décisions par elle-même. Ce qui, dans ce cas, était de faire un bandage à Dorian. Un type l'a renversé alors qu'il était à vélo et il a basculé sur la tête.

Elle avait déjà fermé la porte, mais voilà qu'elle la verrouillait, comme si elle était partie du principe qu'il restait. Et vu que le chat dormait désormais contre son torse, il n'avait peut-être pas le choix.

— Je ne comprendrais jamais son délire pour le vélo, marmonna-t-il.

Dès qu'il avait pu conduire, il avait abandonné les deux-roues pour en avoir quatre. Putain, il utiliserait aussi quatre pattes plus souvent que deux jambes s'il le pouvait.

— Je pensais en prendre un pour raccourcir mon temps de trajet, mais l'idée de devoir le trimballer dans les escaliers chaque jour…

Elle fronça le nez de façon adorable.

C'était irrationnel de sa part d'avoir envie de lui proposer de porter son vélo pour elle. Il détourna le regard et se racla la gorge.

— Bon, tu n'as pas à t'inquiéter de ces types qui ont essayé de t'enlever hier soir.

— Pourquoi me serais-je inquiétée ? L'inspecteur Gruff est sur le coup.

Elle se débarrassa de ses bottines en caoutchouc et retira sa veste humide.

Sa nonchalance l'agaça.

— Ce n'est pas une blague. Ils sont morts.

Il eut envie de se mettre des baffes en la voyant pâlir. Il ne pouvait pas lui dissimuler la vérité alors que c'était aux infos, mais il aurait pu le dire avec plus de douceur.

— Attends, cette fusillade, c'était les types qui ont essayé de me kidnapper ? Qu'est-ce qui s'est passé ?

— L'affaire est assez compliquée et il y a encore des choses qui ne sont pas claires. À commencer par leur mobile. Mais je voulais déjà te dire qu'ils sont morts.

— Ils se sont suicidés en attaquant des flics ? Ça semble un peu drastique. Est-ce qu'ils ont fait des aveux avant de se tuer ?

Il pinça les lèvres.

— Non.

Il ne mentionna pas la possibilité d'un troisième homme. Maintenant qu'il savait qu'ils en avaient après lui, une fois qu'il ne serait plus dans l'équation, Brandy serait en sécurité.

— Je me demande s'ils étaient drogués, réfléchit-elle à voix haute. Enfin, le fait qu'ils avaient prévu de me droguer et avaient une voiture garée dans la ruelle pour m'emmener laisse présager un certain degré de préméditation.

— Peu importe, ils sont morts.

— Ce qui est aussi un peu perturbant. Il me faut un verre de vin.

Elle marcha jusqu'à un petit présentoir posé sur le sol et en tira une bouteille de rouge. Elle la brandit vers lui.

— Tu m'accompagnes ?

— Non merci. Je suis juste passé voir comment tu allais.

— On pourrait remarquer que tu ne restes vraiment pas longtemps, tu sais, vu qu'on est censés être ensemble.

C'était le bon moment pour lui dire que ça, c'était terminé. Qu'ils ne devaient plus se voir pour sa sécurité – et pas parce qu'elle réduisait à néant sa tranquillité d'esprit.

— Juste un verre.

— Un seul ? Je suis surprise que, en tant que mec, tu veuilles partir si vite.

— Pourquoi ? demanda-t-il avec prudence.

Elle lui fit un clin d'œil.

— Tu veux un surnom du genre *Deux Minutes Chrono* ou *Précoce Gruff* ?

— C'est du vin… on n'est pas… balbutia-t-il.

— En tant que couple récent, les gens s'attendent à ce qu'on le fasse.

— Personne ne m'a vu entrer.

— Tu ne peux pas en être certain.

Mais il l'espérait de tout cœur, parce qu'il ne se le

pardonnerait jamais si son lien avec Brandy la mettait en danger.

— Tu sais quoi, je ferais mieux de partir.

— Oh, arrête d'être aussi sérieux. Assieds-toi et détends-toi.

Elle lui colla un verre de vin dans les mains. Un verre ne lui ferait pas de mal. Ni deux. Au troisième, il était vraiment détendu et il jouait avec Brandy à « trois choses que les gens ne savent pas sur moi ».

Elle était assise de côté sur le canapé, ses jambes repliées sous ses fesses.

— Alors, même Maeve ne sait pas ça sur moi, mais j'aime bien chanter du Justin Bieber sous la douche.

Ça le fit ricaner.

— Je comprends pourquoi tu préfères cacher cette information.

— C'est de ma faute s'il fait des chansons parfaites pour la douche ?

Les lèvres de la jeune femme se recourbèrent de façon délicieuse.

— À ton tour.

Il lui fallut un moment : partager des détails intimes ne lui était pas habituel. C'est sans doute l'alcool qui lui fit lâcher :

— J'aime bien les comédies romantiques.

— Toi ?

Elle cligna des yeux et se reprit assez pour demander :

— C'est quoi ta préférée ?

Les joues brûlantes, il avoua

— *Princess Bride*.

— Pas moyen ! s'exclama-t-elle. J'adore ce film.

Elle bomba le torse et prit une voix grave :

— « Je m'appelle Inigo Montoya. Tu as tué mon père. Prépare-toi à mourir. »

Elle leva son verre et trinqua avec lui, avant de les servir à nouveau.

— Qu'est-ce qu'il y a d'autre que personne ne sait sur toi ? demanda Billy.

Elle tendit la main.

— Quand je fais griller du pain, j'aime bien faire semblant que ce sont mes pouvoirs Jedi qui le font sortir du toasteur.

Ça lui tira un grand sourire.

— J'ai déjà fait ça avec les ascenseurs.

Le rire de la jeune femme le réchauffa encore plus que le vin.

— Peut-être qu'on est tous les deux des héros Jedi envoyés sur terre pour une mission spéciale.

— Comme si tu avais besoin d'être encore plus géniale que tu ne l'es déjà.

Les mots lui échappèrent et il se couvrit en prenant une grande gorgée de vin.

— Ah, Billy, tu es trop gentil, mais tu ne penseras plus que je suis géniale quand je t'aurais avoué que parfois j'ai la flemme de faire la lessive et que je récupère des trucs mettables dans le tas de linge sale après les avoir reniflés.

Ça le fit éclater de rire et il s'écria :

— Moi aussi !

— À ton tour. C'est quoi tes autres secrets ?

Il haussa les épaules.

— Je suis un type assez banal.

— Dixit le loup-garou.

Elle leva les yeux au ciel.

— Genre, comment tu en es devenu un ? C'était ton père ?

— Putain, non.

Et tant mieux, vu son tempérament violent.

— Mes parents étaient de gros cas soc'. Ils vivaient dans une caravane, et pourtant, il n'y en a pas tant que ça en Ontario.

Il fit la moue.

— J'ai rendu service à ce monde quand j'ai choisi la vasectomie pour éviter de transmettre leurs gènes.

— Je ne suis pas d'accord. Tu es quelqu'un de bien.

Il renifla.

— Pas vraiment.

— Je pense que si, parce que Griffin t'a choisi pour faire partie de sa Meute. De ce que j'en ai compris, il ne mord pas n'importe qui.

— Je me demande parfois si ce n'était pas par pitié, vu le départ merdique que j'ai eu dans la vie.

— Comment ça se passe, en fait ? Genre, il t'a demandé d'abord ? Ulric dit qu'il était au courant de l'existence des loups-garous parce que son père était dans une meute de North Bay.

— Je connaissais Griffin et sa famille. C'était les voisins de ma famille d'accueil.

La maison avait été vendue depuis. Une de ses mères adoptives était morte d'un cancer utérin quelques années auparavant et l'autre était rentrée en Europe pour être auprès de sa famille.

— Et ?

Elle se pencha en avant, curieuse.

— Comment ça s'est passé ? Il t'a fait regarder des

films de loups-garous pour voir si ça te branchait ? Il t'a fait jurer le secret ?

— Non, il m'a bourré la gueule. On a bu des quantités astronomiques, même si je me rends compte maintenant que Griffin et les autres n'étaient jamais aussi ivres que moi grâce à leur métabolisme.

— Ça doit être cool. Je suis vraiment un poids plume en comparaison.

Elle inclina son verre et sourit, de ses lèvres rendues rubis par le vin. Il avait envie de les nettoyer de sa langue. Au lieu de quoi, il vida son verre et s'en versa un autre.

— Enfin, une fois cuits, on a joué à un jeu où l'on se mordait. Comme on avait tous des traces de morsure le lendemain, ça ne m'a pas perturbé plus que ça.

Elle le contempla, les yeux écarquillés.

— Et c'est tout ? Il t'a mordu, et puis rien ?

— Eh bien, il a attendu de voir ce qui se passerait.

— Je n'arrive pas à croire qu'il ne t'ait rien dit, marmonna-t-elle.

— Ça ne servait à rien de me dire si ça ne marchait pas.

— Et si ça avait marché ? Si tu t'étais transformé spontanément ? Ou si tu avais mis une femme enceinte ? Ulric m'a dit que c'était mortel pour la mère.

— Je ne me suis pas transformé, et pour ce qui est du risque de grossesse, j'avais déjà fait ma vasectomie plusieurs années auparavant.

Elle referma la bouche en comprenant que c'était quelque chose qu'il avait fait par choix. Pas parce que c'était un prérequis pour devenir un Lycan, mais pour s'assurer qu'il ne ferait jamais à un enfant ce que ses parents lui avaient fait à lui.

— Je croyais que les médecins refusaient l'opération à quelqu'un d'aussi jeune ?

— Il y a toujours des exceptions à la règle.

Ce n'était pas si difficile de convaincre un toubib quand on était prêt à payer en cash.

— Alors c'était comment la première fois que tu t'es transformé ? demanda-t-elle en faisant tourner son verre entre ses mains.

L'effet du vin avait commencé à passer pour Billy. Il aurait dû partir. Il s'en versa un autre tout en réfléchissant à sa réponse.

— La première pleine lune après la morsure, Griffin m'a invité à venir camper avec lui et les gars.

À l'époque, il était un jeune officier dans la police d'Ottawa et Griffin était membre de la Meute d'Ottawa, pas alpha. C'était venu plus tard. Mais l'alpha de l'époque le préparait à prendre sa suite, et cela voulait dire créer ses propres Lycans, des gens qui lui seraient loyaux par le sang et la morsure.

— Oh, un week-end en pleine nature entre mecs.

— C'est un euphémisme. On est partis dans la cambrousse. Genre, au milieu de nulle part, au point où j'entendais des banjos.

Ça la fit rire.

— Oh mon Dieu. Tu regardes trop de films d'horreur.

— Ils ne font plus aussi peur une fois que tu te rends compte que tu fais partie des monstres.

— Les loups-garous ne sont pas des monstres. Pas dans les livres que je lis.

Elle lui fit un clin d'œil et il fut obligé de détourner le regard.

Plus ils parlaient, plus son charme augmentait. Mais ce n'était pas grave. Il partirait, et ce serait fini. Il pouvait bien profiter un peu du temps qu'il lui restait.

— Les Lycans peuvent être des monstres, mais cette nuit-là, on était juste des hommes capables de devenir des animaux. Ça a commencé par une démangeaison, toute ma peau qui me grattait.

Une fièvre brûlait en lui, et ses vêtements l'irritaient.

— Je me rappelle Griffin qui s'agenouille devant moi et me dit que la douleur ne durera pas.

C'était vrai, et pourtant, la sensation de déchirement intense l'avait fait hurler, sauf qu'il n'avait plus de voix quand c'était arrivé. Il s'était transformé vite et violemment. Sa peau était devenue pelage, et il avait hurlé comme un loup.

Griffin était resté devant lui tout du long. Pour lui expliquer.

— Il m'a dit que je faisais partie des élus. Que j'étais assez spécial pour supporter le don qu'il m'avait fait.

Et pour Billy, c'était vraiment un cadeau : le don de l'acceptation et de la famille. Une famille qu'il avait ensuite dû fuir pour la protéger. Être flic demandait beaucoup de sacrifices.

— Il avait raison sur un truc : tu es spécial. À en hurler à la lune.

Elle lui fit un clin d'œil et rejeta sa tête en arrière pour pousser un hululement bas.

— C'est malin. À ton tour, maintenant. Comment tu es devenue la Brandy que tu es aujourd'hui ?

— Avec des parents âgés super normaux. Ils m'ont

eu quand ils avaient déjà la quarantaine. Mon père est parti le premier, une crise cardiaque. Ma mère d'une piqûre d'abeille, tu imagines ? C'était une folle de jardin. Maeve est la seule personne qui me tient lieu de famille à l'heure actuelle.

— Tu sais que tu peux nous compter, moi et la Meute.

Pour un gars qui ne voulait rien avoir à faire avec elle, il n'arrêtait pas de lui donner des raisons de s'accrocher.

— Aux héros lycanthropes !

Elle leva son verre, ils trinquèrent, et elle but. Elle pointa vers une autre bouteille et il secoua enfin la tête.

— Il est temps que j'y aille, c'est l'heure du lit pour toi.

Elle fit la moue.

— Tu pars déjà ?

Il n'en avait pas envie.

— Il est tard.

Et elle était trop ivre pour qu'il lui dise la véritable raison pour laquelle il était venu.

— L'heure du lit ! s'écria-t-elle. Tu sais qu'il y a un monstre sous le mien ? Et la seule façon de l'éviter, c'est de prendre de l'élan et sauter.

Il était tout naturel de répondre :

— Je vais t'accompagner pour qu'il ne t'attrape pas.

— Mon héros !

Elle joignit les mains et sourit en vacillant sur ses pieds. Elle ne marchait pas très droit sur le chemin de sa chambre. Lui-même n'était pas parfaitement clair. Sa démarche chaloupée ne plut pas au chaton qui bondit de son cou vers le lit puis sur le sol. Sa chaleur toute douce lui manqua étrangement.

Il se pencha en avant et tira les couvertures.

— Ton lit t'attend, zéro monstre en vue.

— Eh bien, merci, Inspecteur.

Elle se glissa sous les draps et se mit tout au bout avant de tapoter l'espace vide à côté d'elle.

— Tu viens ?

— Je ne peux pas. Il faut que j'y aille.

Parce qu'elle avait l'air bien trop tentante comme ça.

— Tu n'es pas en état de conduire comme ça.

Elle n'avait pas tort.

— Je vais me mettre sur le canapé.

Qui serait trop petit pour lui.

Elle renifla.

— Ne sois pas absurde. Tu vas te réveiller en vrac si tu fais ça.

— Ulric l'a fait.

— Ulric ne fait pas semblant d'être mon petit ami. Viens.

Elle tapota à nouveau.

— Je ne mords pas. À moins que tu en aies envie, ajouta-t-elle, perfide.

L'idée de morsure réveilla ses gencives. Surtout quand son regard dériva vers le cou de la jeune femme.

— Je ferais vraiment mieux de…

Elle ne le laissa pas achever sa phrase, elle agrippa sa main et le tira, lui faisant perdre l'équilibre. Il atterrit sur le matelas et la pièce se mit à tourner autour de lui.

— Peut-être que je vais rester là cinq minutes.

Une fois que Brandy serait endormie, il se carapaterait avant de faire quelque chose qu'il regretterait. Comme embrasser ses lèvres colorées de vin.

Il resta allongé là, tout raide. Mais pas Brandy. Elle se blottit contre lui, toute chaude et souple, et murmura :

— Je suis contente que tu sois venu.

Lui aussi. Oh, il n'était pas censé lui dire qu'ils ne se reverraient jamais ?

Plus tard.

Il se détendit un peu contre sa chaleur. La respiration de la jeune femme se fit plus régulière alors qu'elle s'endormait. Il risquait de la réveiller s'il bougeait trop tôt, alors il attendit et le vin et la fatigue de cette journée le rattrapèrent.

Il s'endormit et rêva de la femme à ses côtés.

CHAPITRE 9

Brandy rêva que Billy était dans son lit, bien trop vêtu. Il avait l'air délicieux et la ligne râpeuse de sa mâchoire l'appelait à y passer un doigt. Un doigt qui continua à explorer, à remonter le bas de son t-shirt pour courir sur la chair ferme.

Oui, il dormait, et non, il ne lui avait pas tout à fait donné la permission, mais c'était un rêve. Un fantasme. Et dans ce rêve, il se réveilla et croisa son regard.

— Brandy.

Son nom sur ses lèvres était un doux murmure.

— Chut.

Parler risquait de gâcher le moment. Elle se redressa pour l'embrasser, appuya sa bouche contre la sienne, délicatement au début. Mais cela devint vite passionné, leurs lèvres avides se mêlèrent en une étreinte féroce. Elle roula sur lui et se réjouit d'à quel point ça avait l'air réel.

— On ne devrait pas, marmonna-t-il alors qu'il embrassait sa lèvre inférieure.

— Et pourquoi ?

Elle s'agita contre lui, agacée par la quantité de vêtements qui les séparaient.

Elle commença à tirer sur le bord de son t-shirt pour le relever.

— Pourquoi tu es habillé dans ce rêve ? grogna-t-elle.

Il attrapa ses mains.

— Ce n'est pas un rêve. Et il faut qu'on arrête. Tu as bu un peu trop de vin. On a tous les deux trop bu.

— Ce n'est pas à cause du vin.

Comment lui faire comprendre que l'euphorie qui l'avait saisie n'avait rien à voir avec l'alcool, que c'était du pur désir.

— J'ai envie de toi.

— Je suis désolé. Je ne peux pas.

Il avait l'air peiné par ses propres mots. Elle aussi, ça lui faisait mal, mais pas pour la même raison.

— Si tu ne veux pas participer, tu peux toujours regarder.

Elle roula sur le dos et se débarrassa de son pantalon et de sa culotte. Elle écarta les jambes et glissa une main entre ses cuisses.

— Brandy, gémit-il.

En guise de réponse, elle introduisit ses doigts entre les replis de son corps et les humidifia avant de les passer sur son clitoris. Elle ne se sentait pas honteuse malgré son regard. Au contraire, avoir un public ne faisait qu'augmenter son désir.

— Tu me tues, gémit-il.

Pourtant, il ne quitta pas le lit.

— Alors, viens. Et avant que tu dises que tu ne peux pas, ton érection dit le contraire, affirma-t-elle en fixant son entrejambe.

— Tu es toujours sous l'effet du vin.

— Pas vraiment.

Elle brûlait, mais c'était davantage l'excitation que l'alcool qui serait resté dans ses veines. Elle continua à se caresser, plus vite.

Quand il bougea, ce ne fut pas pour quitter le lit, mais pour se glisser entre ses jambes et écarter ses cuisses d'un coup de tête. Le plaisir que les doigts de Brandy lui avaient procuré n'était rien en comparaison avec sa langue. Ses hanches se soulevèrent. Il l'attrapa et la maintint immobile, captive de son plaisir. Captive volontaire.

Elle s'arcbouta alors qu'il bougeait sa langue. Elle hurla quand il fit entrer un doigt en elle. Elle jouit en se cambrant, haletante.

Ce n'est qu'alors qu'il remonta pour l'embrasser et elle sentit son goût sur ses lèvres. Elle l'enserra de ses bras alors qu'il murmurait :

— Je devrais y aller.

— Reste. Je n'ai pas encore fini.

Une fois de plus, elle tira sur son t-shirt. Cette fois, il l'aida à le retirer et se retrouva torse nu, son pantalon bas sur ses hanches. Elle tendit la main vers sa ceinture et il recouvrit ses doigts des siens.

— Tu es sûre ?

— Tu prends cette histoire de consentement trop au sérieux. Oui, je suis sûre. Pas toi ? demanda-t-elle en le regardant droit dans les yeux.

Il ne dit rien pendant un moment. Il passa son pouce sur la lèvre inférieure de la jeune femme.

— Tu as une idée du nombre de fois où j'ai rêvé de ce moment ? Même en cet instant, je me demande si c'est réel.

Elle passa la main à l'intérieur de son pantalon et l'empoigna en serra assez fort pour lui tirer un hoquet.

— C'est vraiment en train d'arriver. Je crois qu'on a assez tourné autour du pot tous les deux.

Elle déboutonna et défit le zip de son pantalon afin de libérer son membre durci. Elle enroula sa main autour et la fit coulisser. Les hanches de Billy suivirent le mouvement et il s'appuya sur ses avant-bras au-dessus d'elle.

— Embrasse-moi, demanda-t-elle alors qu'elle relâchait son sexe, consciente qu'il ne serait pas capable de résister.

— Si tu insistes.

Il se laissa descendre et s'empara de sa bouche avec passion. La caresse exigeante de ses lèvres embrassa la jeune femme. Ses jambes étaient grandes ouvertes pour lui laisser de la place. Il n'y eut pas besoin de beaucoup réajuster leur position pour que le bout de son sexe vienne la toucher pile au bon endroit.

Il gémit et s'enfonça plus profondément en elle, en prenant tout son temps. Elle mordilla sa lèvre et grogna :

— Tu peux y aller. Je ne suis pas en sucre.

Et s'il ralentissait encore, elle se mettrait à hurler.

Avec un gémissement étranglé, il s'enfonça en elle. Le bout de sa longue verge vint taper sur son point G dans un éclair de plaisir qui lui coupa le souffle.

Il prenait toute la place en elle, il tapait pile au bon endroit à chaque fois. Il se mit à accélérer alors qu'elle s'accrochait plus fort à lui. Plus vite. La tête renversée en arrière, elle haletait. Plus fort. Elle hulula en enfonçant ses ongles plus profondément dans ses biceps, s'accrochant à lui de toutes ses forces.

— Regarde-moi, ordonna-t-il et elle plongea ses yeux dans les siens.

Les profondeurs de ses iris brillaient et elle y vit son reflet. Embrasée par la passion, sauvage, indomptée.

Sienne.

— Billy.

Elle soupira son nom en se sentant basculer. Une lente vague de plaisir roula en elle, lui faisant ouvrir la bouche en grand, sans un son. Elle enfonça ses griffes. Tout son corps se tendit, au bord de l'orgasme, le moindre muscle contracté. Elle s'arrêta même de respirer.

Ses yeux restèrent plongés dans les siens. Il fit onduler ses hanches contre elle, bougeant à peine, encore et encore, tout au fond d'elle. Elle rejeta la tête en arrière et son dos se cambra alors que l'orgasme la consumait. Billy l'attira contre son torse. Il la serra contre lui tandis que son plaisir pulsait en elle. Elle mordilla sa chair et se contracta autour de son sexe. Elle sentit sa chaleur quand il jouit.

Elle bascula dans un nouvel orgasme avant même que le premier soit terminé. Plutôt que de crier, elle enfonça ses dents en lui. Fort. Pour de bon. Elle laisserait sans aucun doute une marque, peut-être même qu'elle déchirerait la peau, et pourtant elle ne parvenait pas à desserrer sa prise avec le plaisir qui coulait en elle.

Il poussa un cri brusque et elle sentit la brûlure de sa morsure, suivie d'une étrange chaleur qui prolongea son orgasme.

Quand leur passion retomba, ils s'effondrèrent en une pile de bras et de jambes. Presque entièrement nus. Il avait toujours son pantalon qui remontait sur ses fesses.

Vu qu'il la serrait dans ses bras, sa tête au-dessus de la sienne, elle pouvait malaxer ses fesses en se réjouissant d'avoir enfin pu baiser avec lui pour de vrai, et pas en rêve. Il était encore mieux qu'elle n'avait osé l'imaginer.

— Qu'avons-nous fait ? marmonna-t-il.

— Des cochonneries. Mais bon, la prochaine fois, même si je prends la pilule, on devrait mettre une capote.

Il la regarda.

— Je ne peux pas te mettre enceinte.

— Je sais, mais les infections ? répliqua-t-elle puisque Billy avait gâché l'instant.

— Je ne… c'est… bafouilla-t-il. Il faut que j'y aille.

Il tomba quasiment du lit dans sa hâte. Il remonta son pantalon et se jeta sur son t-shirt qui avait atterri sur une chaise avant de s'enfuir hors de sa chambre à une vitesse qui n'était pas loin d'être insultante.

Mais elle laissa passer, car il était en état de choc. C'était un peu le cas pour elle aussi.

Une fois que la porte eut claqué, elle se leva et passa dans la salle de bain pour en voir la preuve par elle-même.

Une marque de morsure sur son sein. Avec tous les

livres de romance qu'elle avait lus, elle savait ce que ça voulait dire.

Je suis sa compagne.

CHAPITRE 10

Elle n'est pas ma compagne.

Ce n'était pas possible, et pourtant il avait vu la marque sur son sein. Une morsure en forme de croissant de lune qu'il n'avait pas eu l'intention de faire, et pourtant, dans le plaisir épique de cet instant, il n'avait pas pu s'en empêcher.

Ça ne voulait rien dire. Peu importait ce que la tradition des Lycans disait sur le destin et le fait de trouver « l'élue ». Il ne se caserait jamais. C'était ce qu'il s'était promis. Parce que les relations commençaient toujours bien, droguées à l'amour, et de là, ça ne faisait que redescendre. Il n'y avait qu'à regarder ses parents.

Et tous les autres ? protesta son subconscient, et ce n'était pas la première fois. Il aimait lui faire remarquer que ses parents toxiques n'étaient pas franchement un modèle.

Peu importait dans ce cas. Brandy n'était pas sa compagne. Il s'était juste laissé emporter sur le moment. Et puis, l'histoire de la morsure, c'était juste un mythe hollywoodien. Il était à peu près certain que Griffin n'avait pas mordu Maeve. Enfin bon, il n'avait jamais posé la question.

Non. Ça ne veut rien dire.

Il continua à se répéter cela en marchant vite vers sa voiture, garée à cent mètres de là. Personne n'y avait touché. Il était plus tard qu'il ne s'y attendait, juste une heure avant l'aube. Ils avaient dû dormir plus longtemps qu'il ne l'avait imaginé, ce qui voulait dire qu'il ne pouvait même pas dire que c'était la faute de l'alcool. Il avait perdu le contrôle parce que c'était Brandy.

Une femme qui le terrifiait davantage que n'importe quel criminel auquel il avait eu affaire.

Il y avait quelques lumières aux fenêtres de l'immeuble en face de chez lui. Beaucoup de travailleurs commençaient tôt. Quelques voitures chauffaient sur le parking, démarrées à distance. Il entra par la porte d'entrée, jeta les clés sur la table tout en repoussant le portail.

Il n'interrompit pas sa routine même alors qu'il sentait que quelque chose n'allait pas. L'obscurité était plus intense qu'à l'habitude, comme si quelqu'un avait tiré les stores. Il alluma l'interrupteur de l'entrée, éclairant les lieux.

Tout était ravagé.

— Putain de merde, souffla-t-il en avisant les dégâts.

Il n'y avait plus rien d'intact, les photos décrochées du mur, les toiles déchirées, le rembourrage arraché à son canapé. Dans la cuisine, le frigo avait été renversé et il y avait de la nourriture partout.

Dans sa chambre, un message était inscrit au-dessus du lit massacré : *je viens m'occuper de toi.*

Il semblait que ses problèmes n'avaient pas pris fin avec la mort de Brunner et Koover.

Il n'y avait rien à sauver dans l'appartement et il ressortit. Sur le chemin jusqu'à sa voiture, il appela Ulric, car il ne voulait pas déranger Griffin pendant sa lune de miel.

— Quoi que ce soit, Inspecteur, ce n'est pas moi, déclara Ulric en décrochant.

— Quelqu'un a mis mon appartement à sac cette nuit.

Il n'avait pas eu l'intention de lâcher ça comme ça.

— Merde, mon vieux, c'est chaud. Une idée de qui c'est ?

— Je pense que c'est lié aux types qui ont joué les kamikazes au commissariat. Je les avais arrêtés tous les deux. Ce doit être une sorte de vendetta et si l'on a appris quelque chose l'autre soir, c'est que mes proches ne sont pas en sécurité.

— Ah, tu t'inquiètes pour moi, Gruff ?

— Plus pour Brandy. Mon appartement a été mis à sac par quelqu'un d'autre que Brunner et Koover, ce qui veut dire qu'il reste quelqu'un qui m'en veut.

— Tu as besoin d'aide pour les retrouver ?

— Je peux gérer ça. Ce que je veux, c'est assurer la sécurité de Brandy vu que notre petite comédie l'a placée dans la ligne de mire.

Le terme « comédie » lui laissa un mauvais goût sur la langue, car ce qu'ils avaient vécu ne lui avait pas donné une impression de faux. Leur connexion, même sans le sexe, était bien trop réelle, épique. Et mémorable ? La façon dont il avait bondi hors de son lit et fui son appartement. Pas d'excuses. Pas d'explications. Rien.

Il se racla la gorge, car il avait perdu le fil de son discours et reprit :

— Comme je faisais semblant de sortir avec Brandy, elle risque d'être une cible elle aussi.

— Tu es toujours chez elle ?

— Heu…

Il ne savait pas ce qu'il devrait avouer.

— Mec, je sais que vous êtes ensemble. Je lui ai envoyé un SMS hier soir.

— Pourquoi ?

Il n'avait pas eu l'intention d'aboyer comme ça.

— Calme-toi. Je voulais venir lui mettre la raclée au bowling en ligne, mais elle m'a répondu que son mec était là.

— Elle a dit que j'étais son mec.

Il dilua le plaisir que cela lui procurait en s'attardant sur le fait qu'elle avait trouvé un moyen d'envoyer un SMS la veille sans qu'il s'en aperçoive. Sans doute quand il était allé pisser.

— Oui, elle a dit que tu étais son mec. Tu vas te mettre à glousser comme une écolière ?

— Va te faire voir !

— Ça veut dire que j'ai gagné notre pari ?

— Non, parce que je n'ai rien parié. Et je ne t'appelle pas pour ces conneries. Il faut que tu ailles chez Brandy immédiatement.

— Je ne peux pas. Pas tout de suite, en tout cas.

— Mais elle a besoin de protection, là maintenant.

— Attends, tu l'as laissée toute seule en sachant qu'il y avait toujours un dingue sur tes traces ?

— À ce moment-là, je ne le savais pas. Et pour ce que ça vaut, les deux types qui ont essayé de la kidnapper sont morts. Mais vu l'état de mon appartement, il en reste au moins un.

— Putain, combien de gens tu as foutu en rogne au juste ?

Ulric avait l'air impressionné.

— Des tas, c'est pour ça que je ne veux pas que Brandy reste seule. Au moins tant que je n'aurais pas réussi à les attirer ailleurs.

— Je comprends que tu veuilles l'aider, mais je ne peux quand même pas arriver chez elle avant au moins une heure. Et qu'est-ce que je suis censé lui dire, « Salut, Billy veut que je reste avec toi jusqu'à ce qu'il appelle pour dire que c'est bon ? »

La simple idée d'Ulric chez elle le faisait bouillonner. Il ravala ce sentiment.

— À vrai dire, je pense que Brandy ferait mieux de ne pas rester chez elle. Tu crois que ça dérangerait Griffin et Maeve si elle allait habiter chez eux au-dessus de la boutique pendant quelque temps ? L'immeuble est parfaitement protégé.

— Ce n'est pas une mauvaise idée. Quinn, Dorian et moi on peut se relayer dans le bunker.

C'était ainsi qu'ils appelaient la pièce équipée d'un lit, d'une salle de bain complète et d'une armurerie au cas où ils auraient vraiment besoin de défendre la boutique et la meute.

— Ça serait super. Je te ferai savoir quand ça ne risquera plus rien.

— C'est quoi le plan ?

— Je vais l'attirer hors de la ville et le buter.

— Le ? C'est un préjugé sexiste.

— Pas vraiment. Avant sa mort, Brunner a affirmé qu'il prenait ses ordres d'un autre homme. Je n'ai pas l'impression que c'était Koover vu qu'il est mort aussi.

Sans mentionner qu'il était con comme ses pieds.

— Alors tu as décidé de jouer les appâts. Qui sera ton coéquipier pour fermer la tenaille ? demanda Ulric.

— Personne. Je peux me débrouiller.

— On mettra ça sur ton épitaphe.

— Je serai à la cabane, ça me donnera l'avantage des lieux.

— Et tu seras isolé. Une fois là-bas, tu seras coupé du monde extérieur. Tu ne pourras pas appeler à l'aide.

— C'est l'endroit parfait pour se débarrasser discrètement d'un problème.

— Et s'il n'est pas tout seul ? souligna Ulric. Et s'ils ont des flingues ? On est à plus de deux semaines de la prochaine pleine lune.

C'était presque trois semaines. Billy pouvait la sentir.

— Tu oublies que je suis un tireur d'élite.

Dès qu'il avait appris à se servir d'un pistolet, il s'était perfectionné en s'entraînant sur des cibles.

— On devrait parler à Griffin.

— Non. Il est en voyage de noces. Ça ira.

— Ça pourrait être tes dernières paroles, grommela Ulric. Bon, quand est-ce que tu pars ?

— A priori, dès que tu seras chez Brandy.

Parce qu'il ne pouvait pas la laisser sans garde. Le problème était que s'il se garait devant, autant annoncer publiquement son adresse et l'intérêt qu'il lui portait.

Mais en même temps, se garer à trois kilomètres de là ne l'aiderait pas.

Une fois de plus, il se gara plus loin et marcha jusque chez elle. Vu l'heure qu'il était, il prit des cafés et des donuts à emporter. Ce qu'il avait à dire nécessiterait du sucre et de la caféine.

Sa casquette enfoncée sur ses oreilles, ses épaules courbées pour déguiser sa silhouette, il frappa à sa porte. Dès qu'elle ouvrit, il marmonna, sinistre :

— Il faut qu'on parle.

Brandy, vêtue seulement d'une chemise de nuit en soie toute fine, haussa un sourcil.

— Vraiment ? Parce que je ne sais pas si je devrais parler avec un mec qui est incapable de rester blotti quelques minutes pour un câlin et prend la fuite sans même dire au revoir.

Il grimaça.

— C'était nul de ma part. Et je n'ai rien à dire pour ma défense. Je suis désolé.

Il tendit ce qu'il avait acheté.

— J'ai apporté le petit déjeuner.

— Ça marche.

Elle fit un pas de côté et il entra avec prudence.

Elle semblait à la fois calme et en colère.

Avant qu'il puisse arriver jusqu'à la cuisine, le chat surgit de nulle part, bondit sur sa jambe de pantalon et l'escalada.

— Oh putain ! glapit-il alors que les minuscules poignards qui lui servaient de griffes s'enfonçaient dans sa chair.

— Ne crie pas, conseilla Brandy. Tu vas lui faire peur et après c'est pire.

Elle se percha sur un tabouret au bar. C'était un grand mot pour le bout de plan de travail surélevé qui donnait sur le salon.

Le chaton arriva à sa taille et miaula. Il le souleva et le posa sur son épaule où l'animal se coucha en ronronnant contre son oreille. Billy déposa le sac avec les gâteaux et le plateau avec les cafés.

— Il y a du lait et du sucre en plus au cas où je me serais planté.

— Je suis plus intéressée par les donuts que tu as ramenés. On peut déduire beaucoup de choses sur quelqu'un aux donuts qu'il choisit. Compote ? Doux et mignon. Chocolat, plein d'énergie. Nature ? Psychopathe, tiens-toi loin de moi. Et si tu aperçois un muffin au son de blé ? *Prends tes jambes à ton cou.*

Elle lui fit un clin d'œil en fouillant dans le sac pour les sortir un à un.

Sirop d'érable, myrtilles, couverts de confettis de sucre, au miel, au chocolat, et au levain.

— Pas mal, murmura-t-elle avant de sélectionner celui aux myrtilles.

Elle retira le couvercle de son café et l'y trempa.

— Hmm.

Il se contenta de fixer sa bouche. Une bouche qu'il avait embrassée. Il avait toujours son goût sur ses lèvres. Son désir pour elle n'avait pas diminué, comme en témoignait sa soudaine érection. Il laissa retomber ses mains pour dissimuler le renflement de son pantalon, comme si elle pouvait en être dupe.

Brandy agita sa pâtisserie à moitié terminée devant lui.

— Tu n'en prends pas ?

— Je n'ai pas faim. Je suis venu m'excuser d'avoir profité de toi cette nuit.

Elle plissa le nez en reniflant.

— C'est drôle. Si quelqu'un a profité de l'autre, c'est moi. Tu étais juste trop appétissant. Il me fallait un peu de ce Billy Gruff, déclara-t-elle avec un clin d'œil.

Il lutta pour ne pas bafouiller.

— Ça ne doit pas se reproduire.

— Ben, c'est plutôt cruel de me dire ça alors que c'était les meilleurs orgasmes de ma vie. Genre, l'intensité, quoi.

Les joues de Billy s'embrasèrent.

— Heu…

— Eh bien, Inspecteur, on rougit ?

— Non.

Les compliments étaient plaisants et il sentit sa résolution vaciller. Il dut se remémorer l'état de son appartement et les cadavres au commissariat pour retrouver sa détermination.

— Écoute, hier soir c'était cool, mais là, c'est pas le bon moment. J'ai des types aux trousses pour une histoire de vendetta, et c'est sûrement pour ça qu'ils s'en sont pris à toi.

— Ils sont morts.

— Il y en a un autre. Ils ont massacré mon appartement, et ils risquent de s'en prendre à toi ensuite, alors il faut que tu ailles habiter ailleurs pendant quelque temps.

— Pardon ? demanda-t-elle en clignant des yeux.

— Juste le temps que je neutralise la menace.

— Oh ! Que *tu* la neutralises.

Elle prit une gorgée de café.

— Un peu misogyne, non ?

— En quoi c'est sexiste de te protéger ?

— Parce que je peux me débrouiller toute seule.

— Les enfoirés qui ont essayé de t'enlever ont débarqué avec des flingues dans un commissariat. Celui qui est toujours vivant a ravagé mon appartement. C'est du sérieux.

— Alors, laisse-moi aider. Après tout, nous sommes liés.

— Heu, quoi ?

Ce fut à son tour de cligner des yeux, perdu.

— Tu sais, liés. Je porte ta marque.

Elle tira sa chemise de nuit de côté pour dévoiler la morsure en forme de croissant de lune.

Oh putain.

— Heu, à ce propos… Je n'aurais pas dû faire ça. Mais tu m'as mordu et j'ai un peu perdu la tête.

— Et ta semence. C'est tout à fait normal, dit-elle en hochant sagement la tête.

— Encore une fois, désolé. Ça ne se reproduira pas.

— Bien sûr que non. Tout mordillage à l'avenir sera purement érotique. Le marquage n'arrive que la première fois, d'après les livres que j'ai lus.

Il la fixa.

— Quels livres ?

— Ne ris pas, mais comme je ne trouvais pas grand-chose sur les loups-garous, je me suis mise à lire. Sauf qu'il semble qu'il n'existe pas beaucoup de titres hors des histoires à l'eau de rose.

— Tu as lu des histoires à l'eau de rose avec des loups-garous ?

Il n'était pas sûr de pouvoir récupérer sa mâchoire qui s'était décrochée.

— En grande partie. Dans certaines, c'était des métamorphes, tu sais, des gens qui peuvent se transformer en autre chose. Je dois dire que d'après ces auteurs, c'est très rare que seuls les hommes soient capables de se transformer. Tu es sûr que ce n'est pas possible pour les femmes ?

Il hocha la tête.

— Dommage. J'aurais bien voulu essayer. Mais au moins, tu peux te rassurer : j'accepte d'être ta moitié.

— Non. Certainement pas.

Il recula.

— Toi. Moi. Il n'y a rien entre nous.

— Ce n'est pas ce que dit la morsure.

— Ça ne veut rien dire. C'était un accident.

— Et je suis sûre que tu auras le courage d'en assumer la responsabilité. Après tout, je ne suis pas en train de me chercher des excuses. Je reconnais que j'avais envie de te mordre.

— Tu étais ivre.

— Pas quand on a commencé à s'embrasser.

— Tu étais à moitié endormie, se hâta-t-il de répliquer, désespéré. Tu pensais que c'était un rêve au début.

— Je vais te dire, je suis parfaitement réveillée, là. Tu paries combien que tu auras la marque de mes dents à nouveau avant que je te laisse repartir ? ronronna-t-elle.

Oups.

Pouvait-elle sentir sa terreur — et son immense désir — à l'idée de la laisser faire cela ?

Elle se saisit d'un donut à la crème et il ne put s'empêcher de fixer ses lèvres alors qu'elle les léchait après chaque bouchée.

Il se racla la gorge.

— Une fois qu'Ulric sera là, je m'en vais pour m'occuper de la menace.

— Ah oui, tu t'en vas à la rencontre de ta némésis. Quand tu seras rentré, on dîne chez moi ? Je m'occupe du vin et du dessert.

— Je ne reviendrai pas. J'ai eu tort de t'embarquer là-dedans à la base, reconnut-il.

— Je savais que tu dirais ça. Tu es tellement prévisible, Billy Gruff. Tu me veux, et pourtant tu as peur de moi.

— Je n'ai pas peur.

— Dit le type qui s'est enfui dès que c'est devenu intime.

— Je t'ai dit que les relations n'étaient pas pour moi.

— Parce que tu ne m'avais pas encore rencontrée.

— Tu ne m'écoutes pas.

— Non, je ne t'écoute pas, parce que s'il y a une chose que je sais, Billy Gruff, c'est qu'on est faits l'un pour l'autre.

Elle avança vers lui et il recula jusqu'à se trouver acculé au mur. Il déglutit.

— Pourquoi moi alors que tu pourrais avoir n'importe qui ? Je ne pourrai jamais te donner d'enfant ni te promettre la sécurité. J'ai des ennemis.

— Que tu n'es pas obligé d'affronter seul. Quant aux enfants… on pourra toujours prendre d'autres chats.

Celui qui était blotti contre son cou grogna, comme s'il n'était pas d'accord.

Billy changea de méthode.

— Je suis flic. Tout le monde déteste les flics.

— J'ai toujours aimé les uniformes, moi.

Un son pas viril du tout lui échappa alors qu'elle réduisait tous ses arguments à néant et attaquait sa résolution.

— Il faut que j'y aille, grommela-t-il.

— Où ? Je croyais que ton appartement était en ruines.

— J'ai un endroit où aller. Loin d'ici.

— Alors je ferais mieux de te dire au revoir.

Elle fondit sur lui et l'agrippa par son t-shirt. Elle l'attira à lui, colla ses lèvres aux siennes, et il réalisa sa faiblesse.

Cette pauvre chemise de nuit n'avait pas la moindre chance de tenir. Elle s'écarta sous ses mains et elle était nue dessous. C'était bien trop facile de la soulever et de glisser en elle. Il enfonça ses doigts dans ses fesses en la faisant sauter dans ses bras. Ses lèvres se refermèrent sur les siennes, haletantes, humides.

Si humide.

Elle coulissait parfaitement sur lui. Luisante. Serrée.

Mienne.

Ils jouirent ensemble et l'orgasme laissa ses jambes tremblantes. Il parvint à peine jusqu'au canapé pour y déposer la jeune femme. Il arrangea ses vêtements alors qu'elle restait allongée là, souriante.

— Hmm. Avec ce genre d'au revoir, j'ai hâte que tu reviennes me dire bonjour.

— Tu n'as pas entendu ce que je te disais ?

— Tu crois que tu peux me laisser derrière. Tu peux toujours essayer, mais je te garantis que toi et moi, ce n'est pas fini, Billy Gruff.

Pourquoi est-ce que c'était aussi adorable quand elle le menaçait ?

— Ferme à clé derrière toi.

Ce fut la dernière chose qu'il lui dit en fuyant l'appartement. Il vola pratiquement dans sa hâte à descendre les escaliers.

Mais est-ce qu'il partit direct ? Non. Il resta dans le quartier pour attendre l'arrivée d'Ulric.

C'est seulement alors qu'il s'en alla et se mit en demeure de se faire suivre. S'il voulait que son ennemi s'en prenne à lui, il fallait qu'il se montre. Billy retourna à son appartement. Et puis il passa au travail. Il s'arrêta même à son épicerie préférée.

Il ne vit personne le prendre en filature, mais ça n'avait pas d'importance. Il avait laissé une piste visible. Si quelqu'un le cherchait, il le trouverait.

CHAPITRE 11

Billy fonça à l'extérieur comme s'il était effectivement poursuivi par des bernaches du Canada. C'était culotté vu son délire : *C'était un accident. Je ne veux pas de relation.* Et puis, l'excuse qui couronnait le tout : *Il y a des méchants qui m'en veulent, alors je m'en vais pour te protéger.*

Connard.

Brandy mangea un autre donut. Quand la porte — qu'elle ne s'était pas donné la peine de fermer à clé, trop paresseuse pour se lever — s'ouvrit d'un coup, elle s'attendait à voir Billy. Parce que, hello, d'après les innombrables romances qu'elle avait lues, il était son compagnon et il devait être incapable de lui résister.

Sauf qu'à la place de l'inspecteur sexy, c'était Ulric.

— Oh, c'est toi.

Il haussa un sourcil et déclara d'une voix traînante :

— C'est flatteur, dis donc.

— Comme si tu avais besoin d'être flatté.

Elle fronça le nez.

— Qu'est-ce que tu fais là ?

— Billy ne t'a pas dit ?

— Billy m'a dit des tas de choses.

La plupart idiotes. Comme lui.

— Fais tes bagages et prépare-toi à de super vacances à la maison, à l'Hôtel Lanark.

— Je ne vais nulle part.

Elle posa les pieds sur la table et croisa les bras, pour bien montrer son caractère boudeur.

— Tu comptes te rouler par terre en criant que c'est pas juste si je te réponds « dommage pour toi ».

— Peut-être. Seulement, je ne vois pas pourquoi je devrais quitter mon appartement. Les deux gars qui s'en sont pris à moi sont morts.

— Il en reste un.

— C'est ce que Billy a dit. Et puis il est parti. Il me dit que je suis en danger. À cause de lui. Et il se tire.

Ulric grimaça.

— Je suis d'accord que c'est une décision un peu bizarre. Mais c'est Billy. Il ne voit pas les choses comme nous parce que c'est un flic.

— Un flic qui est parti jouer les appâts.

Brandy retira ses pieds de la table et se pencha en avant.

— Je n'arrive pas à croire qu'il soit parti pour de bon, souffla-t-elle.

— Si ça te console, il va à un endroit qu'il connaît très bien. Ça lui permettra de prendre la main.

— Ou la patte. Peut-être qu'il sera capable de se transformer sans la lune de nouveau.

— Peut-être, dit Ulric, pas convaincu.

— Il se barre souvent comme ça ? demanda-t-elle effrontément.

— Pour tout dire, c'est la première fois. Je crois que tu lui as bien foutu la trouille avec cette histoire de relation.

Est-ce qu'elle y était allée trop fort ? Dommage. Elle ne comptait pas mentir quant à ce qu'elle désirait.

— Et si cet ennemi qu'il s'est créé ne se pointe jamais ? Combien de temps il compte prendre le maquis ?

— Il peut sans doute y rester une ou deux semaines à l'aise avant qu'on le rappelle au boulot. Il a travaillé dur pour sa carrière. Je ne le vois pas balancer ça.

Deux semaines. Elle pouvait bien attendre une quinzaine de jours. Lui laisser un peu d'espace. Et puis elle le mettrait face à ses contradictions.

— Pourquoi il est aussi coincé ? Et ne viens pas me parler de ses parents. Un mec aussi intelligent que lui doit bien se rendre compte qu'ils ne sont pas la mesure de toutes les relations.

Ulric renifla.

— Tu serais surprise. Tu sais quel âge il avait quand il a fait sa vasectomie ?

— Il a dit qu'il était jeune, avant d'être au courant de l'existence des Lycans.

— Il s'est fait stériliser à vingt et un ans. Je dirais que ce qu'il a vécu avec ses parents l'a traumatisé pour de bon.

Elle mordilla sa lèvre inférieure à cette déclaration.

— Mais comment est-ce qu'il pourrait apprendre qu'il en va autrement s'il ne dépasse jamais quelques rendez-vous ?

— Quelques ? siffla Ulric. À la fac, Billy était connu

comme le spécialiste des coups d'un soir. Il ne couchait jamais deux fois de suite avec la même fille.

— Oh, donc c'était un coureur.

— À vrai dire, il était difficile ce qui est sans doute la raison pour laquelle ça passait. Quand il cherchait, les nanas se jetaient à sa tête.

Elle fronça le nez.

— Trop d'informations !

— Si tu veux que je te balance des trucs sur Billy, tu auras la perspective d'un gars qui faisait la fête à la fac. Il m'a fallu un an de plus pour finir ce diplôme et je ne m'en suis jamais servi.

— Qu'est-ce que tu étudiais ? demanda-t-elle.

— La criminologie, comme Billy. Sauf que lui, il a chopé un boulot grâce à ça. Bon, si l'on en a terminé avec les potins, bouge-toi et fais ton sac. Le match commence à une heure, ce qui ne nous laisse pas si longtemps que ça pour préparer toute la bouffe.

L'idée de se nourrir de trucs d'apéro — des nachos, de la sauce mexicaine au fromage, des ailes de poulet, des œufs mimosas, des cornichons, des mini-pizzas, des patates au four, du pop-corn au caramel — la fit presque saliver. Et la télé de Griffin faisait trois mètres de long parce qu'il utilisait un projecteur et un écran blanc.

Mais en se laissant convaincre, elle aurait fait ce que Billy voulait. Billy, un homme qui n'avait aucun problème à se barrer – très vite.

— Et Froufrou ? Elle ne peut pas venir dans le loft. Il y a bien trop d'endroits par où elle pourrait s'enfuir ou se coincer.

Les chatons étaient mignons, mais bêtes.

— Heu, je suppose qu'elle peut venir chez moi.

Ulric jeta un coup d'œil à la boule de poil qui était en cet instant roulée dans un petit cercle de soleil sur le parquet.

— Tu vas devoir prendre ses affaires. La litière, le bol pour la nourriture, pour l'eau, pour les récompenses, dit-elle en comptant sur ses doigts. Et puis il faut les croquettes dans le tupperware rose, le jaune, et si ça doit durer plus de trois jours, aussi le bleu. Et les boîtes dans le placard.

Ulric se leva et commença à rassembler ce qu'elle demandait. Brandy passa dans sa chambre et se changea avant de faire un sac avec des vêtements confortables. Plus des affaires de toilettes et des trucs à manger, les bons, ce qu'elle gardait dans sa table de nuit. Tout en rassemblant ses affaires pour un séjour de plusieurs jours, elle n'arrêta pas de se dire qu'elle oubliait quelque chose.

Elle n'était pas seule. Elle émergea de la chambre pour trouver Ulric en train de contempler la pile d'affaires pour chat qui couvrait le sol.

— J'ai l'impression qu'il manque un truc, marmonna-t-il.

— J'espère que non. Froufrou est difficile.

Le chaton ronronna en venant se frotter contre ses chevilles. Elle était heureuse, apparemment. Mais elle allait sûrement lui sauter dessus à la seconde où Brandy bougerait.

— Il va me falloir un bac pour transporter tout ça.

— J'ai des sacs en tissus sous l'évier dans la cuisine.

Elle crut qu'il allait se mettre à pleurer quand il les

sortit et vit leur taille. Ils étaient petits, adaptés à Brandy.

Il lui fallut faire plusieurs voyages, car il dut les remplir, les vider dans la voiture, et revenir pour répéter le processus. Ensuite, il transporta son sac à elle pendant qu'elle encourageait Froufrou à rentrer dans sa caisse de voyage hors de prix, un véritable appartement pour chat, doré, grand, élégant, avec un coussin chauffant, un diffuseur d'odeur apaisante, et une isolation sonore.

Froufrou détestait cette prison à huit cents dollars. Elle cracha sur Brandy.

— Allez, ma puce. C'est pour un tout petit trajet.

Ulric rentra alors qu'elle roucoulait :

— Je te donnerai du poisson pané, presque pas cuit, qui sent bien.

— Pourquoi tu la chopes pas juste et tu la mets pas dedans ?

— Tu aimes te servir de tes mains ? rétorqua-t-elle.

Il la dévisagea.

— Je me disais aussi.

Elle tendit la main.

— On doit prendre la voiture. Tu vas aller vivre chez Tonton Ulric.

— Tu sais, tu pourrais venir aussi. J'ai un lit pliant, proposa-t-il.

— Non merci. Je préfère la maison qui ne sent pas la pizza et la sueur masculine.

— C'est ma salle de sport perso. Je nettoie à chaque fois.

— Je vais m'en tenir au luxe, merci. Mais je te

rendrai visite, alors fais en sorte de ne pas laisser traîner de culottes sur le canapé ou le sol.

— Je pense que mon appartement doit être le déversoir d'un sèche-linge magique. Sinon, comment ces sous-vêtements se retrouveraient là ?

— Les filles que tu ramènes.

— Elles ne partent quand même pas sans. Pourquoi elles iraient laisser leurs culottes derrière elles ?

— Pourquoi les chiens font pipi sur des trucs ?

La bouche d'Ulric s'arrondit.

— Oh. Merde. Ça paraît évident, dit comme ça.

— J'ai une question pour toi. Pourquoi tu joues les baby-sitters pour moi au lieu d'aider Billy ? Si quelqu'un lui en veut, ce n'est pas plutôt lui qui a besoin de protection ?

— Billy est un sale con borné.

— Sans blague.

— Et qui dit qu'il n'est pas protégé ?

Elle pinça les lèvres.

— Qui est parti avec lui ?

— Personne. On le suit.

— Qui ? Quinn ?

— Non, Quinn fait partie de ta garde.

— Ma quoi ? J'ai appris que je devais partir de chez moi il y a juste trente minutes, protesta-t-elle.

— Je ne suis pas un expert pour planifier les choses.

Il s'agenouilla et tendit une main. Il fit une bouche en cul de poule et émit des bruits de bisous.

Brandy aurait pu se moquer de lui sauf que Froufrou rappliqua en courant, son petit ventre de chaton se balançant sous elle. Elle frotta sa tête dans la grande main d'Ulric et s'y assit. Ulric se leva lentement, le chat blotti dans sa main, et il la serra contre son torse. Froufrou n'y resta qu'un instant avant de grimper s'installer dans le creux de son cou. Ulric lui jeta un regard de côté.

— Bon, au moins on peut y aller maintenant.

— Tu ne peux pas sortir avec elle comme ça. Et si elle s'enfuit ?

Il grimaça.

— Tu n'as pas de laisse ?

— Mets-la dans la caisse, suggéra Brandy d'une voix sirupeuse.

— Je croyais qu'elle détestait ça.

— Mais toi elle t'aime.

— C'est vrai, s'écria Ulric, ravi. Allez, chaton, viens, on va... aïe !

Ce qui s'ensuivit fut digne de David contre Goliath, car le minuscule chaton força Ulric à lui courir derrière, et il se retrouva avec à peu près autant de griffures qu'un tigre a de rayures.

Ulric contempla Froufou qui se léchait délicatement la patte en portant sa main ensanglantée à ses lèvres.

— Je crois qu'on a besoin d'un autre plan.

À peine eut-il prononcé ces mots que le chaton rentra de lui-même dans la caisse de transport, s'y roula en boule et s'endormit. Elle resta ainsi tout le trajet jusque chez Ulric, et il rougit quand Brandy désigna une petite culotte accrochée au ventilateur du plafond.

— Je te jure que c'était pas là quand je suis parti.

Pendant qu'il allait chercher les affaires du chat dans la voiture, Brandy fit le tour de l'appartement à la recherche de choses qui seraient dangereuses pour Froufrou. Il n'y avait pas d'endroits par où elle aurait pu se faufiler dehors. Les fenêtres étaient toutes fermées, et même ouvertes, il y avait des moustiquaires. La pièce supplémentaire avec son ordinateur et sa chaise de gamer était assez grande pour accueillir la litière. La nourriture fut déposée dans la cuisine. Quand la porte de la caisse de transport s'ouvrit, Froufou sortit tranquillement et explora les lieux à sa guise. Brandy attendit qu'elle se soit habituée — le chaton choisit de s'endormir sur le dessus du frigo — pour partir avec Ulric chez Maeve, dans cet appartement avec mezzanines et beaucoup trop d'endroits dangereux tentants pour un chaton.

Dans la voiture, elle se retrouva à demander :

— Tu ne préférerais pas être avec Billy ?

— Il m'a demandé de m'occuper de toi.

— Je peux me débrouiller toute seule, marmonna-t-elle.

— Comme l'autre soir ?

Ses joues se mirent à chauffer.

— Je n'avais pas compris que c'était un inconnu qui m'avait envoyé ce verre, sinon je ne l'aurais jamais bu.

— Arrête de faire comme si je t'emmenais en taule. Ça va être chouette. On va commander à manger et regarder des films à la con.

— Pendant que Billy joue les appâts.

— Il est appétissant ? taquina Ulric.

— Délicieux.

Et comme Ulric était son ami, elle descendit son t-shirt et lui montra le haut de son sein.

— Regarde ça.

Il siffla et se détourna, ce qui lui faisait honneur.

— Qu'est-ce que tu fous, Brandy ?

— Oh, calme-toi. On ne voit pas mon téton. Regarde et dis-moi ce que ça veut dire.

Ulric se tourna et étrécit les yeux en voyant la morsure.

— C'est Billy qui a fait ça ?

Elle hocha la tête.

— Mince alors. Je ne le voyais pas comme ça au lit.

— Mais c'est ce que je pense, hein ?

— C'est une morsure.

— Qu'on qualifie également de marquage. Quel mot tu utilises pour un Lycan qui utilise ses dents pour identifier sa compagne ?

Ulric la dévisagea en clignant des yeux.

— Qu'est-ce que tu racontes ? Il n'y a pas de marquage ou je ne sais quoi.

— Vraiment ? Oh.

Elle ne put empêcher la déception dans sa voix.

— Alors ça veut dire qu'il ne sera pas magiquement rappelé à mes côtés parce qu'il ne supporte pas d'être loin de moi.

— Oh, il reviendra. Le simple fait qu'il se soit barré au lieu de t'utiliser comme appât nous dit tout ce qu'on a besoin de savoir.

Il marqua une pause pour appuyer son propos :

— Billy est amoureux.

Brandy aurait voulu pouvoir le croire, mais cela commença à être difficile quand, trois jours plus tard, personne n'avait de nouvelles à lui donner. Peu importait le fait qu'il soit parti pour une bonne raison. Il n'avait pas essayé une seule fois de la contacter. Il avait tiré son coup et faisait le mort.

Cela lui valut de beaucoup tourner en rond et

quelques crèmes glacées de commisération. Les grandes fenêtres faisaient rentrer plein de lumière. La cuisine avait tout le matos nécessaire pour se faire des festins de dingue.

Elle s'en tint à Mickey D's, la boulangerie qui livrait des gâteaux, et des pizzas. Les glaces étaient la seule chose qu'elle ne pouvait pas se faire livrer. Ulric l'approvisionnait.

Il lui apparut tandis qu'elle suçotait sa cuillère alors que c'était la première fois depuis que Billy l'avait laissé tomber qu'elle était toute seule. Ulric avait dû partir, car il fallait qu'il amène sa tante à sa séance de bridge hebdomadaire. Quinn était en retard à cause d'un accident sur l'autoroute. Les flics essayaient de rediriger le trafic. Elle avait promis de verrouiller les portes et de se tenir à l'écart des fenêtres. C'était idiot. Il ne se passerait rien. Ça faisait trois jours et il n'y avait rien eu de bizarre.

Ploc.

Le bruit la fit sursauter et elle délaissa la glace, pourtant délicieuse. Elle jeta un coup d'œil en direction de la fenêtre. Enfin, elle ne voyait rien à cause de l'écran qui en masquait une large section.

Tac.

Un autre coup porté sur la vitre.

C'était juste un oiseau. Il n'y avait pas de quoi avoir peur. Pour se le prouver, elle marcha jusqu'à l'écran et passa derrière pour regarder par la fenêtre. Une voiture solitaire avançait sur sa file, un lampadaire illuminait le trottoir désert, la boutique…

Bang.

Elle sursauta alors que quelque chose s'écrasait

contre la fenêtre par laquelle elle avait été en train de regarder.

Un oiseau ?

Attendez, c'était une chauve-souris ?

Elle n'était pas seule. Comme si elles étaient attirées par la stupéfaction sur son visage, une nuée de créatures ailées commença à frapper la vitre avec tant de force qu'elle se fissura. Elle ne cassa pas mais Brandy recula car il suffirait de peu pour faire voler le verre en éclats.

Passer de l'autre côté de l'écran pour se mettre hors de vue ne mit pas fin au déluge. Pire, ça s'étendit aux autres fenêtres. Elle se rappela soudain d'un film que sa grand-mère regardait, avec le type rondouillard, là, Hitchcock. Le nom la faisait rire quand elle était petite. C'était une histoire avec des oiseaux qui attaquaient les gens, apparemment sans raison, et les tuaient ! Les chauves-souris, ça devait être encore pire.

Ploc. Tac. Crac.

Tant pis pour les ordres d'Ulric. Elle ne restait pas dans cet appartement.

Elle attrapa un sac de chips et de l'eau, ainsi qu'une couverture, et elle prit la porte de sécurité qui menait en haut des escaliers. Une autre porte en bas ouvrait sur l'arrière-boutique, avec la salle de repos des employés et le bunker. Elle s'y précipita pour découvrir que Quinn n'était pas encore arrivé.

Personne n'était installé à l'ordinateur. Personne ne jouait aux cartes sur la table avec quatre chaises. La cafetière n'avait même pas été allumée.

Bam. Ça venait de la porte qui donnait sur l'arrière.

Elle jeta un coup d'œil aux écrans de sécurité au-dessus de l'ordinateur. Personne n'apparaissait à la caméra de derrière. Soudain, une forme sombre fondit sur le portail et le percuta. Elle ne se remit pas et frappa le sol où elle trembla un moment avant de s'immobiliser. Son échec n'en empêcha pas d'autres d'essayer de défoncer l'ouverture.

Pourquoi se comportaient-elles si bizarrement ?

Le silence, quand il arriva, tomba si brusquement que c'était perturbant. Brandy resta plantée là et retint sa respiration pour écouter.

Les coups aux vitres avaient cessé. Il n'y avait plus de chauves-souris sur les écrans. Mais une ombre se forma sur l'écran qui donnait sur la ruelle de derrière. Une ombre si profonde et sombre que la caméra qui l'enregistrait cessa de fonctionner. L'écran n'afficha plus que de la neige, des pixels affolés noirs, blancs et gris.

Ce n'était pas rassurant et elle envoya un SMS à Ulric. *Je crois qu'on m'attaque.*

Sa tante avait peut-être besoin d'un taxi, mais Ulric était quand même là pour elle. *Il faut que tu tiennes dix minutes.*

Elle ferait de son mieux, mais ça dépendrait surtout de ce qui l'attendait.

La caméra de devant montra quelqu'un qui approchait, vêtu d'un long manteau, le visage couvert par un masque, une tronçonneuse à la main.

Oups.

Elle ferma les yeux et les rouvrit. La tronçonneuse était toujours là et la personne qui la tenait venait de la démarrer.

Vroum. Vroum. La tronçonneuse mugit alors qu'il s'approchait de la porte de la boutique.

Elle renvoya un message à Ulric. *Une idée de comment arrêter une tronçonneuse ?*

Bzing. Bzing. La machine gémit et grinça alors qu'elle attaquait les barreaux qui protégeaient les fenêtres de la boutique de cannabis.

Cache-toi. Je suis à quelques minutes de là.

Se cacher où ?

Elle regarda alentour et ne vit nulle part où elle pourrait se cacher longtemps d'un type qui maniait une tronçonneuse. Même le soi-disant bunker n'avait qu'une porte normale.

Crac. Le verre explosa quand le type à la tronçonneuse eut dégagé un espace assez grand pour l'enfoncer.

D'une seconde à l'autre, elle aurait de la compagnie. Il fallait qu'elle fasse quelque chose.

N'importe quoi.

Griffin n'avait pas de flingues à portée de main. Pas très prévoyant, pour une boutique qui vendait du cannabis. Comme elle savait qu'avec l'écran d'ordinateur, il faudrait qu'elle s'approche, elle saisit à la place une des chaises qui se trouvaient autour de la table. Elle se hâta de rejoindre l'entrée et la balança au moment où la personne se penchait pour passer dans le trou créé dans la fenêtre.

Bim. Le type vacilla. Avant de pouvoir y réfléchir à deux fois, elle frappa à nouveau. Mais cet enfoiré ne s'effondra pas.

Pire, il sourit.

— Ah te voilà. Viens par là.

Il bondit.

Elle glapit et donna un coup. Cela ne ralentit pas le type qui la suivit aussitôt.

Il fallut plusieurs coups de chaise avant que le type percute le bord d'un comptoir et s'effondre par terre. Il ne se releva pas.

Brandy avait du mal à respirer, pantelante. Terrifiée. Elle tenait toujours la chaise, de toutes ses forces, au cas où il bougerait encore.

Ulric arriva avant, il fonça à travers la porte de derrière et accourut pour la voir debout au-dessus d'un corps.

— Brandy, est-ce que ça va ?

— Moi, oui. Lui, non. Je crois qu'il est mort.

Ce n'était pas le premier cadavre qu'elle voyait. Impossible à éviter dans un hôpital. Mais c'était la première fois qu'elle était activement responsable de la mort de quelqu'un.

— Je l'ai frappé avec une chaise.

— Ça n'aurait pas suffi à le tuer.

— Plusieurs fois, et il a percuté l'angle du mur et il est tombé.

Ses lèvres se mirent à trembler. Elle était une meurtrière.

Est-ce qu'Ulric la consola ? Nan. Il fronça les sourcils en contemplant le mort, les mains sur les hanches.

— Dommage. Les cadavres ne parlent pas.

— Qu'est-ce que j'étais censée faire ? Il avait une tronçonneuse !

Brandy désigna la fenêtre où l'appareil sur le trottoir ressemblait davantage à un espadon maintenant qu'il était éteint.

Ulric alla jeter un œil.

— C'est une Sawzall en fait, pas une tronçonneuse. Excellent outil. Ça coupe tout.

— Je suis moins intéressée par son matériel que par son mobile. Tu penses que c'est le type qui inquiétait Billy ?

— On ne pourra pas en être certains avant d'avoir pris ses empreintes et découvert qui c'est.

— Combien de temps ça va prendre ? Billy devrait être mis au courant.

— Je lui dirai la prochaine fois qu'il prend contact.

Brandy pinça les lèvres à ce rappel qu'il continuait à donner des nouvelles. Juste, pas à elle.

— Il doit bien y avoir un autre moyen de le contacter.

— À part rouler jusque là-bas ? Non.

— Je pourrais prendre la voiture.

— Ne commence même pas, dit Ulric en faisant non du doigt. Tu n'es pas censée aller où que ce soit tant qu'on n'est pas certains que la voie est libre.

Elle désigna le sol.

— Je l'ai libérée.

— Peut-être. Et si M. Sawzall n'a rien à voir avec Billy ?

— Vraiment ? Oh, ça serait vraiment une sacrée coïncidence vu qu'il avait l'air de me chercher.

— Ah bon ? Ou bien c'est juste que tu te trouvais dans une boutique de cannabis et qu'il essayait de chopper sa dose.

— Il a dit « ah, te voilà » ce qui indique qu'il me cherchait. Et même si ce n'est pas le cas, tu veux bien arrêter de me faire tourner en bourrique ? J'essaie de ramener Billy à la maison.

Parce qu'il lui manquait terriblement.

— Je lui dirai la prochaine fois qu'il prend contact.

— Ou bien je pourrais lui faire la surprise, rétorqua-t-elle avec un sourire ravageur.

Elle harcela Ulric pendant une bonne heure avant qu'il finisse par céder et lui donner l'adresse de la cachette de Billy – ainsi qu'une ombre nommée Dorian qui la suivit pour l'essentiel du trajet.

Prêt ou pas, Billy Gruff, j'arrive.

CHAPITRE 12

Quitter la ville était lâche. Billy pouvait bien se l'avouer, même s'il n'aimait pas ce que cela révélait de lui. Mais quel autre choix avait-il ?

Entre la menace qui planait sur lui et le risque pour Brandy, il n'avait jamais fait face à un tel dilemme.

Il ne pouvait pas être devenu son compagnon. Il avait fait le vœu de ne jamais, jamais devenir ses parents.

Ce à quoi sa conscience répondait : *Tu n'as rien à voir avec eux*. Déjà, il n'était pas alcoolique comme son père. Ensuite, il ne frapperait jamais une femme ou un enfant. Cependant, il avait une tendance à la violence. C'était dans son sang avant même que cela ne devienne une part de sa nature lycanthrope.

Je suis capable de tuer. Directement ou par un intermédiaire. Il l'avait fait en tant qu'homme et en tant qu'animal. Un animal plus sauvage que Brandy n'en avait conscience.

Elle avait lu ces histoires de fantasy et s'était imaginé qu'il était une espèce de héros romantique avec de la fourrure. La réalité ? Le loup rugissait en lui aux pires moments pour essayer de sortir. Et quand il parvenait à s'échapper ? Il voulait chasser. La seule chose qu'il ressentait, c'était la satisfaction quand il causait de la douleur.

L'amitié ne comptait pas non plus. Il avait eu envie d'éviscérer Ulric juste pour avoir parlé à Brandy. Être avec elle ne ferait qu'empirer cette folie. Il se rappelait encore les accès de jalousie de son père. Complètement absurdes, sauf pour l'homme qui hurlait « Putain ! ».

Brandy méritait une relation normale avec quelqu'un qui aurait moins de bagages émotionnels que lui. Sans mentionner qu'elle n'aurait pas dû être en danger parce qu'un enfoiré voulait se venger du flic qui l'avait mis à l'ombre.

Si tu as un truc à me reprocher, alors prends-t'en à moi.

Et c'était pour ça qu'au cours de sa fuite, il avait laissé derrière lui la plus grosse piste possible, en envoyant des messages et des SMS. Il en avait parlé dans tous les restaurants et cafés dans lesquels il s'était arrêté. « Je vais passer quelque temps dans mon chalet au bout de Harvey's Road. » Drôle de nom, car il n'avait jamais pu trouver d'ancien ou actuel propriétaire dans la zone nommé Harvey.

Sa cabane se trouvait à quelques heures de la ville. Il l'avait achetée il y avait des années de cela, un endroit où il pourrait être tranquille, si isolé que ses amis pourraient l'y retrouver sans que quiconque remarque sa relation avec la Meute. Il n'était pas relié au secteur, mais il y avait un générateur pour les fois où le solaire ne suffisait pas. Une fosse septique, car il n'était pas un animal. Et de l'eau courante qui venait du puits, et un chauffe-eau au propane.

Tout ce confort valait bien le prix exorbitant que ça lui avait coûté.

Dans la forêt, le bourdonnement de la ville et des voitures disparaissait et la nuit, si l'on arrivait à trouver une trouée dans les arbres, le ciel était illuminé de milliers d'étoiles.

Les téléphones portables ne passaient pas vraiment. Il y avait le choix entre conduire une heure jusqu'à la route principale ou grimper à l'arbre le plus haut dans les parages. Mais cette méthode n'était pas garantie.

Ce n'était pas un endroit pour une femme comme Brandy. C'était l'endroit parfait pour un prédateur qui cherchait à monter un piège.

Mais Brandy avait-elle compris ça ? Non. Elle lui avait envoyé une masse de textos au cours des trois derniers jours. Comment il le savait malgré l'absence de réseau ? Il se donnait un mal de chien pour vérifier ses messages, en s'écorchant les doigts sur l'écorce pour grimper. Ulric ne lui avait pas dit qu'il n'y avait pas de réseau ?

Les messages de Brandy commençaient gentiment.

Tu me manques déjà.

Avec quelques émoticônes, dont une pêche. Le dessin à la con l'avait fait bander.

Les suivants restaient légers et le tenaient au courant de ce qui se passait.

Je vais habiter chez Maeve pendant quelques jours. Il y a un truc qui déconne avec la flotte chez moi. Ça serait génial si tu pouvais passer.

J'ai pris un super plat à emporter au traiteur à côté. J'ai hâte de te faire découvrir ça.

Des messages mignons et joyeux qu'il ignora.

Le ton avait changé le troisième jour.

D'autres femmes auraient pu se mettre en colère et devenir désagréables, mais Brandy se fit encore plus mignonne.

Je sais que ça te fait peur, mais je vais te dire. Passe au-dessus, parce que je ne vais nulle part.

M'ignorer ne va pas marcher.

ARRÊTE DE M'IGNORER !!!

Ne t'inquiète pas, mon cœur, je ne vais pas laisser tomber.

Elle n'était pas sérieuse. Il s'était montré très clair. Il ne voulait pas d'elle. Cela dit, elle avait eu l'air certaine qu'ils étaient destinés l'un à l'autre.

Pas s'il pouvait l'éviter.

Le quatrième jour, tard dans l'après-midi, il prit un moment pour regarder son téléphone. Pas de messages. Pas même un truc méchant de la part de Brandy. Est-ce qu'elle avait laissé tomber ? C'était sans doute pour le mieux.

Sa main se resserra autour de l'appareil qui émit un craquement menaçant. Il le rangea et alla vérifier ses pièges, tant ceux qui lui permettaient d'attraper du gibier que ceux qui devaient le prévenir d'une intrusion. Pour l'instant, aucun ne s'était déclenché. Attirer son ennemi à lui ne marchait pas des masses. Il n'avait vu absolument personne depuis qu'il était arrivé. Pas même une impression ou une odeur. Les écureuils pépiaient toute la journée et rien ne faisait peur aux oiseaux.

Sans rien à faire, Billy se retrouva à réfléchir. À réfléchir à la façon dont il avait quitté Brandy.

Ce qu'ils avaient fait.

Comment il avait envie de recommencer.

Elle le haïssait probablement, vu qu'il s'était barré avant même que son éjaculat ait séché.

Je suis un enfoiré. Et c'était pour ça qu'elle avait arrêté de lui envoyer des messages.

Plutôt que de s'appesantir là-dessus, il rumina pendant qu'il pêchait son dîner. Il avait de la chance d'avoir une rivière qui passait dans son terrain – acheté pour des clopinettes vu qu'il n'y avait ni l'eau ni l'électricité et que ce n'était pas prévu de le raccorder un jour. Il revenait à la cabane avec un gros doré d'Alaska quand il aperçut la voiture jaune vif entre les arbres. Il ralentit le pas et approcha avec prudence. C'était peu probable que son ennemi se pointe juste comme ça.

Peut-être quelqu'un qui s'était perdu ?

Il approcha de la voiture de location dont le logo était clairement inscrit sur la plaque d'immatriculation en tendant l'oreille et en regardant bien autour de lui. Quand Brandy apparut depuis le côté de la cabane, des fleurs sauvages dans les bras, il sentit sa mâchoire se décrocher.

— Brandy ? Qu'est-ce que tu fous là, putain ?

— Je te cherche, à l'évidence. Ça fait une éternité que je t'attends. Heureusement que le chalet était ouvert.

— Pourquoi tu es venue me chercher, putain ?

Il ne semblait pas pouvoir apaiser son vocabulaire ni son choc.

— On ne t'a jamais dit que faire le mort après avoir couché avec une femme c'était ultra malpoli, Billy

Gruff ? Tu as de la chance que je sache que ça t'a plu et que tu es juste idiot, sinon j'aurais pu mal le prendre.

Il cligna des yeux en essayant d'assimiler ses paroles.

— Je t'ai dit qu'on ne pouvait plus se voir.

— Comme si je n'avais pas le droit d'avoir un avis sur la question, rétorqua-t-elle.

— Tu ne devrais pas être là.

— Tu vas faire comme Ulric et dire que les bois ne sont pas ma place ? Parce que je te ferais savoir que j'adore la nature, s'exclama-t-elle en étendant les bras.

Et elle se mit à hurler en battant des mains.

— Une guêpe ! Une guêpe ! Tue-la !

— Je crois que tu t'en es chargée avec ce glapissement.

Il grimaça et elle pinça les lèvres.

— Merci pour ton aide. Maintenant, si tu en as fini d'être adorablement sarcastique, tu veux bien décharger les sacs du coffre ?

— Certainement pas, puisque tu ne restes pas.

— Ne sois pas idiot. Je reste. Toi et moi, on n'en a pas fini.

— Si.

— Ce n'est pas ce que dit la morsure sur mon nichon.

— Un accident. Ça ne veut rien dire.

— Oui, je vois bien. Ça ne veut tellement rien dire que tu as pris la fuite et que tu as demandé à tes potes de ne pas te balancer.

— À l'évidence, quelqu'un l'a fait sinon tu ne serais pas là. Ils entendront parler du pays à mon retour, répondit-il d'un air sombre.

— Ne commence pas à jouer les machos. C'était Ulric et il n'a pas eu le choix quand ton plan a échoué.

— Attends, quoi ? Il s'est passé quelque chose ? Tu vas bien ?

Il l'examina à la recherche de blessures.

— Je vais bien, mais ce n'est pas passé loin. Un type avec une tronçonneuse s'en est pris à moi. Et des chauves-souris.

— Tu peux répéter un peu plus lentement ?

— Hier soir, une nuée de chauves-souris…

— De chauves-souris ? Pour de vrai ?

— Oui, avec des ailes.

Elle agita les mains pour mimer le mouvement.

— Enfin bref, elles sont venues s'écraser dans les vitres de l'appartement de Griffin et Maeve. Il va falloir en remplacer certaines. Je te jure, elles voulaient me tuer, mais heureusement qu'elles ont essayé parce que du coup je suis descendue au rez-de-chaussée et j'ai vu le type qui essayait d'entrer par la fenêtre.

— Même s'il avait cassé la vitre, il y a des barreaux.

— Oui, ben apparemment, la scie électrique c'est pas juste pour faire du bruit. Ça coupe le métal.

— Attends, il est venu avec une Sawzall ?

— Oui. Et il coupait les barreaux et j'étais là, à me dire « merde, merde, qu'est-ce que je vais faire ? ».

— Où étaient Ulric et les autres ? grogna-t-il alors que le danger qu'elle avait couru commençait à lui apparaître.

— Ulric était parti pour emmener sa tante à un tournoi de cartes où je ne sais quoi et Quinn était coincé sur la 417…

— Tu étais seule !

Son rugissement fit s'envoler les oiseaux dans les arbres alentour.

Mais Brandy, elle, n'eut pas l'air impressionnée.

— Oui, j'étais seule. Comme c'est le cas d'habitude quand je ne suis pas au travail et que je ne fais pas partie de l'histoire.

— Ils étaient censés te surveiller jusqu'à ce que j'aie neutralisé la menace.

— Au cas où ça t'aurait échappé, la misogynie s'est dépassée et je suis aussi capable qu'un homme de me défendre.

— Tu t'es défendue contre un gars qui rentrait avec une Sawzall ?

— Oui.

— Comment ? Ulric t'avait filé un flingue ?

Étonnant, vu que la plupart de la meute considérait que les armes à feu c'était de la triche.

— Pourquoi j'aurais besoin d'un flingue quand je peux filer des coups de chaise ?

Elle en fit la démonstration en faisant semblant de balancer une chaise invisible plusieurs fois de suite.

— Je l'ai mis KO pendant qu'il rentrait par le trou qu'il avait fait.

— Tu l'as attaqué au lieu de prendre la fuite, beugla-t-il.

— Je ne sais pas trop où tu penses que j'aurais pu aller, renifla-t-elle, agacée.

— Genre n'importe où qui n'aurait pas nécessité que tu assommes un taré armé d'une scie électrique ?

— Bah. Tu t'inquiètes trop. Comme je te disais, je me suis débrouillée. Un peu trop bien. Ulric s'est débarrassé du corps, finit-elle sur une moue.

Il fut aussitôt pris de regrets.

— Oh, chérie, je suis désolé que ça te soit arrivé. Ça a dû être traumatisant.

Presque aussi traumatisant que le « chérie » qui venait de lui échapper.

— Tu sais, Ulric a dit pareil, mais, franchement, ça va. J'ai passé des années à bosser aux urgences. Les cadavres ne me dérangent pas. Et je ne vais pas pleurer pour un type qui pense correct de s'attaquer à une femme sans défense.

— Pas tout à fait sans défense, on dirait.

Elle sourit jusqu'aux oreilles, très satisfaite d'elle-même.

— N'est-ce pas ? Mais Ulric ne l'a pas vu comme ça. Il m'a fait la morale. Il m'a dit que j'aurais dû m'enfermer dans la salle de bain de l'étage jusqu'à ce qu'il arrive.

Elle leva les yeux au ciel.

— Ça aurait été plus sûr.

— Encore une fois, ça va bien deux minutes la misogynie. Vous ne pouvez pas plutôt dire « bon travail, Brandy, tu as réglé son compte au méchant » ?

— Bon travail, Brandy. Mais je n'ai toujours pas compris ce que tu faisais ici.

— Ce n'est pas évident après ce que je t'ai raconté ? Ton plan pas si génial s'est retourné contre nous. Le méchant ne t'a pas suivi. C'est à moi qu'il s'en est pris. Ce qui, apparemment, était une très mauvaise idée pour lui. Mais la bonne nouvelle, c'est que la voie est libre maintenant. Tu peux rentrer à la maison.

— On n'en est pas certains. Le gars que tu as défoncé à coup de chaise voulait peut-être juste cambrioler la boutique, et ça n'avait rien à voir avec moi, tenta Billy.

— Tss, tss. Que dalle. Non seulement il a mentionné qu'il me cherchait, mais c'est aussi un type que le célèbre Inspecteur Gruff avait envoyé en taule.

Elle poussa un hourra comme s'il y avait un public.

— Putain, je vais prendre cher, dit Billy en se frottant le visage.

— J'espère sincèrement, Billy Gruff. Surtout que j'ai laissé mon pyjama à la maison exprès.

CHAPITRE 13

Sur cette déclaration fracassante, Brandy rejoignit la cabane d'une démarche nonchalante tandis qu'il essayait de raccrocher sa mâchoire.

— Où est-ce que tu vas ? Tu ne peux pas rester.

Pas maintenant, après qu'elle lui eut mis l'idée du sexe en tête. Elle s'arrêta à l'entrée de la cabane.

— Je suis là. Fais avec.

Elle entra comme si elle était chez elle et laissa la porte ouverte, partant du principe qu'il la rejoindrait.

Il aurait dû retourner dans les bois. Au lieu de quoi, il la retrouva à l'intérieur et ses narines furent assaillies par une délicieuse odeur.

— C'est quoi ce que je sens ? demanda-t-il, l'eau à la bouche.

Elle montra le four.

— Notre dîner.

— Tu cuisines ?

— Seulement quand j'ai l'inspiration.

Elle lui sourit par-dessus son épaule et plaça les fleurs dans un verre sur la table.

— Tu n'aurais pas dû.

Ce n'était pas la seule chose qu'elle avait faite pendant qu'il était dans les bois. Il vit son sac à l'entrée de la chambre, sa veste à la patère.

— Ça te tuerait de dire merci et de reconnaître que tu es heureux de me voir ?

Il était heureux de la voir. Et ça le rendait dingue.

— Tu repars demain matin.

Il voulait qu'elle parte, mais il était déjà tard. Les routes étaient traîtresses la nuit et puis bon, elle s'était donné la peine de cuisiner et il n'était pas du genre à gâcher de la nourriture.

Il se rafraîchit pendant qu'elle s'affairait, adorable dans son pull en laine qui mettait ses hanches en valeur par-dessus son jean moulant. Elle avait gardé ses bottines, une bonne idée vu l'humidité et le sol froid. Le parquet pouvait être glacial vu qu'il n'y avait pas d'isolation dans le vide sanitaire.

Ça l'épatait qu'elle ait roulé des heures juste pour venir lui dire en face ce qu'elle pensait, mais sans colère. C'était le plus bizarre. Elle semblait déterminée à ignorer la façon dont il la rejetait. Au contraire, elle avait laissé entendre qu'ils coucheraient à nouveau ensemble.

Ce serait une erreur. Il avait déjà perdu le contrôle une fois. Et même s'il ne croyait pas aux délires mystiques sur les morsures de marquage, ça ne lui était jamais arrivé auparavant.

Elle désigna une bouteille sur le plan de travail pendant qu'elle mettait la table.

— J'ai complètement oublié de déboucher ça. Tu veux bien le faire ?

Il avisa le vin. Du rouge. Un cépage qu'il ne connaissait pas – il était plutôt bière.

— Heu, je n'ai pas de tire-bouchon, avoua-t-il.

Elle lui jeta un coup d'œil par-dessus son épaule.

— Ulric m'avait dit que c'était rustique ici, mais tu dois bien avoir quelque chose qu'on peut utiliser pour le déboucher ?

Il haussa les épaules.

Elle soupira.

— Heureusement que j'ai de nombreux talents. Il va me falloir un tournevis et un marteau.

— Tu déconnes, hein ?

Elle attrapa la bouteille et un coin de sa bouche se souleva.

— Tu penses vraiment que c'est la première fois que je suis obligée d'improviser ?

Il avait les outils qu'elle réclamait et pas bien longtemps plus tard, elle leur servait des tasses de vin vu que son joli verre était utilisé pour les fleurs.

— Tu pourrais ramener deux trois trucs pour rendre cet endroit plus cosy, fit-elle remarquer en prenant une gorgée.

Billy ne toucha pas à son verre. La dernière fois qu'ils avaient bu du vin, ils avaient couché ensemble.

— Ce n'est pas censé être cosy.

Des fois, il ne dormait même pas dans la cabane, préférant la belle étoile avec juste un sac de couchage pour lui tenir chaud.

— Ça pourrait être un vrai petit nid d'amour. Rajoute quelques gros coussins par terre. Des lumières suspendues qui ne sont pas là pour tuer les insectes.

— Tu décris un chalet, là, pas une cabane, grommela-t-il.

— Exactement, s'écria-t-elle, ravie.

Ding.

Elle tapa dans ses mains.

— Assieds-toi et prépare-toi à être épaté. Le dîner est servi !

Billy s'assit et inspira la délicieuse odeur de viande rôtie avec des épices. Il avait hâte d'attaquer. Brandy sortit un plat du four à gaz et le déposa sur la table.

Il eut un mouvement de recul.

— C'est du pain de viande ?

Son estomac lui remonta dans la gorge à ce souvenir d'enfance.

— Ma spécialité, annonça-t-elle avec un grand sourire.

Mais elle déchanta en voyant son visage.

— Qu'est-ce qui ne va pas ? Tu n'es pas allergique au gluten, si ? Parce que j'ai mis de la chapelure dans la viande. Et des oignons, des épices, des lardons.

Ça avait l'air délicieux dit comme ça, mais il secoua la tête.

— Je ne suis pas allergique, mais je ne mange pas de pain de viande.

— Pourquoi ça ?

— Parce que je n'aime pas ça.

Elle fronça le nez.

— Mais tu n'as même pas essayé. C'est bon, je te jure.

Elle posa une main sur son cœur avec une petite moue attristée.

Il l'avait déçue, et ça l'embêtait.

— Ma mère en faisait tout le temps.

Il aurait voulu pouvoir ravaler ce détail intime.

— Et du coup, elle te manque quand tu en vois.

— Pas tout à fait.

— Tu ne manges pas de pain de viande parce que le sien était si bon qu'aucun autre n'est digne d'intérêt, tenta-t-elle.

Cette deuxième théorie était fausse aussi, alors il explicita :

— Ma mère ne savait pas du tout cuisiner et son pain de viande était particulièrement dégueu.

Elle pinça les lèvres.

— Alors tu refuses de manger mon pain de viande parce que tu as été traumatisé par de la mauvaise bouffe gamin ?

— Oui.

Il ne comptait pas avouer que ça lui rappelait une époque qu'il préférait oublier.

— Prends sur toi, choupinet. Tu vas manger du mien.

— Mais je…

— Mais tu n'as pas le choix. Arrête de faire le bébé et prépare-toi à ce que ce soit la fête pour tes papilles.

Elle découpa une tranche et y versa une cuillérée de sauce. Elle y ajouta de la purée. Il n'eut pas de mal à reconnaître :

— Ça a l'air délicieux. Ça fait une éternité que je n'ai pas mangé un truc fait maison.

— Presque entièrement, fait maison. La purée c'est de la Mousseline. Ça va plus vite et, franchement, je préfère. Je déteste quand il y a des morceaux de patate.

— Moi aussi.

Elle avait même fait des haricots verts dans une sorte de sauce caramélisée qui leur donnait un peu de croquant. Le pain acheté en boulangerie était frais du jour.

Quant au pain de viande...

— C'est trop bon.

Ça ne lui collait pas dans la gorge. Ça descendait tout seul, délicieux. Il en reprit et il avait même hâte de finir ce qu'il en restait pour le déjeuner le lendemain.

Ils n'avaient pas parlé beaucoup pendant qu'ils mangeaient et buvaient le vin – parce que, oui, il l'accompagna. Le rouge allait bien avec le repas.

Il débarrassa les assiettes et fit couler de l'eau chaude pour les faire tremper. Pendant qu'elle faisait la vaisselle et qu'il essuyait — en grande partie, car il savait où les choses se rangeaient — ils parlèrent.

— C'était qui le type qui a attaqué la boutique ? demanda-t-il.

— Ulric ne me l'a pas dit, il a juste confirmé le lien avec les autres criminels qui m'ont attaquée.

— Je n'arrive pas à croire qu'il ne me l'ait pas dit.

Il fit la moue.

— Comment tu sais qu'il ne l'a pas fait ? Ce n'est pas comme si tu recevais tes messages, sinon tu aurais répondu. Hein ?

D'un regard appuyé, elle lui fit comprendre que c'était un secret qu'il ferait mieux d'emporter dans la tombe.

La vaisselle faite, ils s'assirent côte à côte sur les fauteuils usés recouverts de plaids. Brandy lui donna une nouvelle tasse de vin et trinqua avec lui. Ils n'avaient pas encore fini la première bouteille.

Peut-être que cette fois il parviendrait à s'en tenir à sa résolution. À ne pas aller trop loin.

— Comment tu vas ? demanda-t-il, maladroit.

Elle haussa un sourcil.

— Eh bien, j'ai été délogée de chez moi et séparée de mon chat, vu qu'une certaine personne m'a forcée à déménager pendant qu'il allait se cacher dans les bois.

— J'ai fait ça pour éloigner le danger de toi.

— Ce qui a échoué, et a été réglé. Alors c'est quoi le plan maintenant que je t'ai sauvé du méchant ?

— On ne sait pas si c'était le dernier.

— Tu comptes vivre comme un oiseau de malheur jusqu'à la fin de tes jours ?

— Non, mais ça ne coûte rien de rester prudent encore quelque temps. Je trouverai quelque chose une fois que je t'aurais mise en sécurité.

Elle renifla.

— Eh bien, bonne chance. Je n'ai pas fait des heures de route avec une voiture de location pour que tu me refiles à quelqu'un d'autre.

— Tu ne peux pas rester ici avec moi.

— Pourquoi ça ?

Il agita la main.

— Comme tu le vois, ce n'est pas grand et le confort est minimal.

— Je n'ai pas besoin de grand-chose. Et puis, le plus important se trouve déjà ici.

— Quoi ?

— Toi.

Il lui fallut un moment pour répondre à cet aveu étonnant.

— Je suis désolé, Brandy, mais comme je te le répète, on ne peut pas se mettre en couple.

— Pourquoi ?

— Parce que.

— Ce n'est pas une réponse, ça. Tu as peur. Ton passé te fait craindre les relations. Heureusement pour toi que je n'ai peur ni de mes sentiments, ni des défis.

— Je ne suis pas l'homme qu'il te faut.

— J'ai dans l'idée que c'est à moi d'en décider.

— Moi je n'ai pas mon mot à dire ?

Ses lèvres remontèrent tandis qu'elle répondait :

— Non.

— On t'a déjà dit que tu es tyrannique ?

— Oui. Et toi tu es ronchon.

— Je ne serais pas ronchon si tu écoutais ce que je dis.

— Ta bouche dit un truc, mais tes yeux, ton corps…

Elle le regarda.

— Ils disent tout à fait autre chose.

— Oh ?

— Tu as envie de moi, Billy Gruff. Et ça te fait peur.

Nier aurait été un mensonge alors à la place, il changea de sujet.

— Puisque tu passes la nuit ici, tu peux prendre le lit, proposa-t-il même s'il savait qu'il ne tiendrait pas sur le canapé.

Le rire monta aux lèvres de la jeune femme.

— Tu es adorable quand tu es galant. Mais mettons une chose au clair pour éviter ces bêtises. Tu dors avec moi.

— Non.

— Tu as raison, tu ne vas pas dormir, parce qu'on ne fermera pas l'œil, trop occupés à baiser.

— Heu.

Une réponse fort loquace.

— Merci de ne pas essayer de nier. Je sais que je ne suis pas la fille de tes rêves…

— Arrête. Tu sais que tu es canon.

— Si j'étais vraiment canon, tu ne m'aurais pas fichu des vents.

Il essaya d'expliquer :

— Ce n'est pas toi. C'est moi. Et avant que tu protestes, ce n'est pas que je suis grognon. Je ne veux vraiment pas de relation.

Elle leva les yeux au ciel.

— Alors, n'en ayons pas.

— Dit la femme qui proclame qu'on va coucher ensemble.

— On peut coucher ensemble sans être un couple, tu sais. Y a plein de gens qui font ça : plan cul, partenaire particulier… On garde chacun notre appart. On baise quand on a envie. On accompagne l'autre à certaines occasions. Et, dans ton cas, ça te permet de voir ta meute sans avoir à expliquer à ta hiérarchie pourquoi tu traînes avec des vendeurs de drogue. Ce qui, au fait, est désormais une activité légale et ce genre de discrimination ne devrait pas être toléré.

— Ça a l'air si simple quand tu le dis comme ça.

— Ça l'est, alors enlève ton pantalon.

Le pantalon resta en place et il protesta bêtement :

— Et si tu t'impliques émotionnellement ?

— Et toi ? contra-t-elle.

— J'ai un passif, reconnut-il.

— Ce n'est pas le cas de tout le monde. J'aimerais bien dire que j'ai un tableau de chasse parfait, mais il est clair que non, sinon on ne serait même pas en train d'avoir cette conversation. Par honnêteté, je vais t'avouer qu'on m'a déjà brisé le cœur par le passé. Devine quoi. J'ai survécu.

— Je ne veux pas te faire de mal.

— Tu ne veux pas me faire de mal ? répéta-t-elle en pouffant de rire. Tu sais que c'est assez sexiste de partir du principe que c'est moi qui vais tomber amoureuse. Peut-être que tu devrais plutôt t'inquiéter pour toi.

— Je ne succomberai jamais.

Une déclaration idiote dont il savait déjà qu'elle était fausse. Dès qu'il avait rencontré Brandy, il avait été intrigué. Et excité.

— Ouah, on dirait que tu t'amuses à tenter Cupidon, commenta-t-elle.

— Il n'y a pas d'ange de l'amour.

— Tu ne crois pas en Cupidon ?

Elle le dévisagea.

— Mec, c'est comme si t'essayais de te prendre une flèche dans chaque fesse, là.

— Ça n'arrivera jamais.

— Pourquoi ? Pourquoi tu détestes l'amour ?

— C'est plus que je n'y crois pas.

Elle resta à le fixer et il soupira.

— Mes parents étaient censés s'aimer. Mais c'était toxique. Ils se disputaient tout le temps, s'insultaient. Ils étaient violents. Chaque jour.

— Ça a dû être difficile, dit-elle doucement. Mais ça, ce n'était pas de l'amour. Dans mon monde, l'amour, c'est mes grands-parents à leur cinquantième anniversaire de mariage, dansant joue contre joue. Mon père qui amène des fleurs à ma mère, juste comme ça. Ma mère qui laisse des petits mots dans les sandwiches qu'elle lui faisait chaque jour.

— On dirait que tu as eu de la chance.

— Qu'est-ce qui te fait penser que tu ne pourrais pas avoir ça ?

— Déjà, je ne suis pas un homme ordinaire.

— Je suis au courant. Et ? Il se trouve que j'aime les chiens. Même les énormes cabots qui hurlent à la mort.

— Je suis stérile.

— Je croyais qu'on avait déjà discuté du fait que je ne suis pas très intéressée par les gamins. Les animaux, ça me suffit.

— En parlant d'animaux, et ton chaton ?

— Ulric joue les baby-sitters pour Froufrou. Tu devrais voir la photo qu'il m'a envoyée où elle dort sous sa barbe, ajouta-t-elle avec un grand sourire.

Ça n'aurait pas dû le rendre jaloux. On dirait qu'il s'était habitué à ce que le chaton l'utilise comme oreiller.

— Pourquoi moi ?

C'était son dernier argument.

Elle se rapprocha et attrapa son t-shirt pour l'attirer à elle.

— Parce que c'est toi qui me fais mouiller ma culotte. Maintenant, tu comptes me renverser sur ton lit ou bien l'on fait ça ici dans la cuisine ?

— Brandy...

Elle le fit taire d'un baiser.

Il n'eut pas la force de la repousser. Il avait protesté alors même qu'il voulait ce qu'elle lui offrait. Il avait essayé de bien se comporter, mais au final, il était faible. Avec elle.

Il la déshabilla là où elle se tenait et la porta jusqu'au lit, qui était assez haut pour qu'il puisse se tenir debout tandis qu'elle était assise au bord. Il se glissa en elle et la prit. Il la baisa vite et fort, ce qui aurait pu être embarrassant si elle n'avait pas joui en hurlant la première. Heureusement, vu qu'il suivit juste derrière.

Ils se lavèrent pour se salir à nouveau. C'était la faute de Brandy. Elle existait.

Une fois de plus, il s'enfonça en elle alors que leurs bouches se joignaient, plus lentement désormais. Elle gémit et haleta alors que son orgasme montait, lent, mais intense, et il se retrouva vidé.

Après ça, ils se blottirent devant le poêle où un feu craquait, allongés sur une peau d'ours qui était déjà là quand il avait acheté la cabane. Elle lut le roman avec une couverture multicolore qu'elle avait apporté et qu'elle qualifiait de comédie romantique. Il lut un thriller d'espionnage récent.

Une soirée tranquille telle qu'il aurait été incapable de se la représenter. Qu'il n'avait jamais désiré avant d'en faire l'expérience.

Ils allèrent se coucher ensemble et dormirent blottis l'un contre l'autre. Pas un couple, juste deux personnes qui s'appréciaient.

Et qu'est-ce que ça disait que lui, l'homme qui avait dit non aux relations, avait envie que ça dure toujours ?

CHAPITRE 14

Brandy se réveilla blottie contre un beau gosse.

Borné.

Surprotecteur.

Doux.

Aimant.

Et doté d'une sacrée libido.

Elle tendit la main pour le saisir et il pouffa de rire.

— J'apprécie l'idée, mais ce n'est pas avec ça que tu vas rallumer la cheminée.

— Bravo, tu viens de ruiner mon fantasme d'être super désirable même au réveil.

Il frotta son nez dans ses cheveux et murmura :

— Tu es trop désirable tout le temps. C'est ça le problème.

Il sortit du lit, et plutôt que d'utiliser les toilettes qui étaient reliées à une fosse septique, il alla pisser dehors.

Elle utilisa les toilettes. Elle se brossa les dents tant qu'à y être. Elle émergea vêtue seulement d'un t-shirt à lui, qui lui arrivait à mi-cuisse. Il était debout devant le fourneau et faisait chauffer une poêle à frire. Il lui jeta un coup d'œil par-dessus son épaule.

— Des œufs au bacon, ça te va ?

— Je préférerais une saucisse.

Eh oui, elle laissa ses yeux descendre.

— J'ai déjà commencé à cuisiner.

Il avait l'air si triste.

— Peut-être que je peux avoir cette saucisse en dessert alors, dit-elle en riant.

Il eut un grand sourire, l'air plus détendu qu'elle ne l'avait jamais vu. Et dire qu'il prétendait ne pas vouloir de relation.

— Qu'est-ce qui est prévu après le petit déjeuner ? Peut-être quelque chose pour brûler les calories ?

Elle savait quel genre de sport lui plairait.

Mais Billy, décidé à la faire fuir, ne l'essouffla pas avec du sexe : il lui fit faire des corvées. Après avoir débarrassé le petit déjeuner, ils sortirent par une belle journée ensoleillée.

Elle prit une grande inspiration. Éternua. Et pouffa de rire.

— Je crois que je suis allergique au grand air.

— Tu n'es pas obligée de rester, suggéra-t-il.

Elle fit un bruit vulgaire avec sa bouche.

— Bien essayé. Qu'est-ce qu'il y a en premier sur la liste ?

Elle allait lui montrer !

— Je comptais couper un peu de bois.

— Ooh, taper sur des trucs avec une hache. Ça a l'air fun.

En dépit de la mine sceptique de Billy, elle attrapa la

hache et commença à en frapper des morceaux de bois. C'était plus dur que ça en avait l'air. L'outil était lourd et avait tendance à rester coincé ou à rebondir.

Elle ne tint pas longtemps avant qu'il lui prenne la hache des mains.

— Je vais les fendre. Toi, tu les empiles. On n'a pas besoin que tu te coupes un membre.

Une fois qu'ils eurent refait le tas de bois, il l'emmena pêcher. Accrocher le ver c'était dégueu alors elle insista pour qu'il le passe sur l'hameçon, mais elle ressentit une vraie jubilation à sa première prise.

Le petit poisson qu'elle sortit de l'eau gigotait, tout luisant.

— J'ai réussi ! fanfaronna-t-elle.

— Bien joué. Ça nous fera un déjeuner correct.

— Pardon ?

Choquée, elle le lui prit des mains et le rejeta dans le lac.

— Pourquoi tu as fait ça ?

— On ne peut pas manger Herman.

— Tu as donné un nom au poisson.

— C'est la moindre des choses, c'était mon premier, dit-elle avec un clin d'œil.

Il grogna alors qu'elle l'embrassait. Elle écrasa sa bouche contre la sienne, et même s'il faisait mine de protester, il ne la repoussa pas. Au contraire, il la prit dans l'herbe drue sur la berge. Et de nouveau contre un arbre alors qu'ils revenaient à la cabane.

Quand arriva l'heure du dîner, il avait renoncé à parler de faire partir la jeune femme. Ils évitaient aussi de parler du futur. À un moment donné, il faudrait bien qu'ils définissent ce qui se passait entre eux, mais pas maintenant. Pour l'instant, elle lui montrait ce que pouvait être une vie à deux. La nature bornée de Billy assurait qu'elle avait du travail de ce côté-là. Mais elle le ferait, ne serait-ce que pour prouver que Billy Gruff pouvait être heureux.

Avec elle.

En dépit de ce qu'elle avait déclaré, elle voulait plus que du sexe sans attaches. Il y avait quelque chose chez Billy qui lui criait « parfait pour moi » et elle n'était pas du genre à laisser tomber aisément.

Le dîner fut composé de steaks et de pommes de terre cuites sous la braise. Après quoi, elle se leva et déclara :

— C'était délicieux. Mais j'ai encore faim.

Elle crocha un doigt vers lui.

— Je devrais vraiment faire ma ronde et vérifier les pièges.

— Ça ne peut pas attendre un peu ? demanda-t-elle en retirant son t-shirt et en le laissant tomber par terre.

Elle lui jeta un regard de biche par-dessus son épaule et avança vers le lit en se déhanchant. Il l'intercepta par-derrière et empoigna ses seins. Son haleine chaude vint caresser le cou et l'oreille de la jeune femme tandis qu'il grognait :

— Pourquoi tu me rends dingue comme ça ?

— Parce que c'est ce que je sais faire de mieux.

Il la renversa en lui faisant soulever les fesses pour pouvoir se glisser en elle. L'angle n'était pas idéal pour elle et il en était conscient. Il la tira vers son fauteuil et s'assit en premier avant de la tirer sur ses genoux.

Il trouva son clitoris de ses doigts tandis qu'il allait et venait en elle et la stimula avec fermeté. Elle ondulait sur ses genoux et enfonça ses doigts dans ses épaules. Elle prenait ce qu'il lui offrait et en rendait autant, se hissant et se laissant retomber sur lui jusqu'à ce qu'elle halète et miaule. Il prit le relais alors, ses mains sur ses hanches pour la faire coulisser sur lui, et la friction sur son clitoris n'était rien en comparaison de la pression en elle. Elle jouit. Fort.

Il l'embrassa sur la tempe.

— Tu survis, mon cœur ?

— À peine. Peut-être que tu devrais me faire du bouche-à-bouche ?

Ça le fit pouffer de rire.

— Si je commence, je ne sortirai jamais d'ici.

Il avait raison. Ils passèrent la journée dans la cabane. Le lendemain matin, la pluie les garda aussi à l'intérieur. Au lit. Nus.

L'après-midi était presque fini quand Billy s'habilla pour aller vérifier ses pièges. Elle découpa quelques ingrédients pour le dîner ; leurs réserves de nourriture baissaient. Ils allaient bientôt devoir s'aventurer hors de leur nid pour trouver à manger, mais cela lui faisait peur, elle craignait que ce qu'ils avaient construit ces derniers jours ne vole en éclats.

— Tu viens ou tu restes ? demanda-t-il en enfilant ses chaussures.

— Je suis déjà venue, non ? le taquina-t-elle. Mais je suis partante pour recommencer.

— Tu veux bien laisser un peu de peau sur ma queue ?

Il s'approcha assez pour l'embrasser.

— Si l'on a de la chance, peut-être que je ramènerai de la viande pour le dîner de demain.

— Tu pourras toujours te repaître de moi, proposa-t-elle.

— Hmm. Je pourrais. Pour le dessert, précisa-t-il avec un clin d'œil.

Son côté joueur lui plaisait énormément.

— Ils sont loin, tes pièges ?

— Certains le sont, mais je comptais juste regarder les plus proches.

Elle ne pouvait résister à une occasion de passer du temps avec lui et de le voir dans son élément.

— Donne-moi une seconde pour m'habiller.

— Tu viens ?

Il avait l'air surpris.

— Et la bouffe ?

— Je finirai à mon retour.

— Habille-toi chaudement. Il peut faire froid dans les bois, surtout quand le soleil passe derrière les nuages.

Elle enfila un jean, un t-shirt, un pull, et puis son manteau qu'elle laissa ouvert. Des chaussettes chaudes et ses chaussures complétaient le tout. Billy attendait juste devant la porte avec un vieux jean, une veste de bûcheron en plaid et une casquette. Il avait aussi un fusil en travers de l'épaule, et un sac à dos sur l'autre.

— Prête ? lui demanda-t-il.

Elle hocha la tête. Comme une idiote, elle s'était attendue à une balade idyllique sur des chemins forestiers qui mèneraient à une clairière emplie de fleurs. En réalité, il y avait des racines en travers du passage et des feuilles mortes glissantes. Des trous qui en avaient après sa cheville. Des branches qui attaquaient ses cheveux et la giflaient. Billy fit de son mieux pour l'aider et la rattraper avant qu'elle ne tombe. Des fois il stoppait même les végétaux qui essayaient de fouetter sa peau délicate.

Quant aux clairières fleuries où elle pensait faire l'amour ? Elles étaient emplies d'herbe éparse et de mauvaises herbes râpeuses.

Elle fronça le nez.

— Qu'est-ce qui ne va pas ? demanda-t-il.

— Je m'attendais à quelque chose de différent à cause des films. Et de plus chaud.

Le froid n'était pas loin de la transir jusqu'aux os.

— Tu veux rentrer ?

Il ne le lui proposait que parce qu'elle était une mauviette, prouvant ainsi qu'Ulric avait raison en disant qu'elle n'était pas faite pour le grand air, mais que Billy l'était. Or, impressionner Billy restait sa priorité.

— Ça va. Je te suis.

Elle agita une main tout en se demandant combien de temps encore ses pauvres pieds allaient pouvoir tenir. Ses bottines étaient faites pour une journée pluvieuse en ville, pas pour barouder dans la forêt.

Vérifier les pièges se révéla inintéressant, car ils étaient tous vides, à la différence du ciel qui se remplissait de nuages sombres. Elle les observa avec appréhension.

— Ça a l'air mauvais, ça.

Il la prit par la main.

— Je connais un endroit où l'on peut attendre que l'orage passe.

Arrivée là, elle serait probablement allée n'importe où, tant que ça n'impliquait pas de se séparer de lui. Passer du temps avec Billy n'avait fait que la rendre plus certaine qu'ils étaient faits l'un pour l'autre.

Amants.

Partenaires pour la vie.

Compagnons de forêt.

Ce qui ne la motivait pas tant que ça.

Le seul bon truc là-dedans, c'était lui qui marchait à côté d'elle.

Il l'amena dans une grotte où se trouvaient les restes d'un foyer et une odeur de fumée qui planait dans l'air.

— J'en déduis que tu as déjà campé ici.

Il hocha la tête.

— C'est un bon endroit à la saison de la chasse. Il y a beaucoup de biches dans le coin.

— Je ne sais pas si je pourrais en manger.

— Tu manges de la viande. Le gibier, c'est de la viande.

Elle allait devoir s'essayer à cet état d'esprit. Elle avait grandi en mangeant des trucs de base. Sortir de sa zone de confort n'était pas facile.

— Tu comptes t'installer ici pour de bon ?

— Non.

— Pourquoi ça ? demanda-t-elle, surprise.

— Parce que, au cas où tu n'aurais pas remarqué, c'est un peu isolé. Même moi j'ai besoin de compagnie.

— Oh.

Elle inclina la tête.

— C'est dur de ne pas être avec ta meute ?

— Oui. Mais le truc, c'est que je sais qu'à la minute où je décide de quitter la police, il y a une place qui m'attend.

— Et est-ce qu'il y a une place dans ta vie pour moi ? demanda-t-elle.

Il ouvrit la bouche et la referma avant de se décider pour :

— Je croyais que c'était juste une relation sans attaches.

— Tu as vraiment réussi à dire ça avec une mine sérieuse ?

— Tu m'as dit qu'il n'y avait pas à chercher plus loin.

— Et tu l'as cru ?

Elle voyait sur son visage qu'il avait envie que ce soit vrai. Il ne voulait pas avouer qu'il était peut-être bien impliqué émotionnellement. Alors elle le prouva.

— Peut-être que je ferais mieux de partir. Après tout, si tu ne comptes pas me donner ce que je veux, pourquoi perdre mon temps ? Il y a des tas d'autres hommes sur cette planète. Des hommes qui seront prêts à aimer une femme qui sait faire un super pain de viande.

— Non !

C'était presque un grognement.

— Pourquoi ça ? Tu ne tiens pas à moi, le provoqua-t-elle.

— Pourquoi tu fais ça ?

Il l'attrapa et la tira contre lui.

— Parce que tu ne peux pas continuer à faire semblant.

— Pourquoi ça ? grommela-t-il.

— Parce que je mérite mieux.

Cela le fit se figer et l'espace d'un instant, elle crut l'avoir perdu. Au lieu de quoi, il écrasa sa bouche sur la sienne en un baiser qui cimenta ce qu'elle savait déjà.

Je t'aime.

Malheureusement, elle le dit à voix haute.

CHAPITRE 15

Le retour jusqu'au chalet fut humide. Et silencieux, aussi, puisque Brandy avait lâché cette bombe.

Elle m'aime.

Elle l'avait sans doute laissée échapper par accident. Une phrase qui n'engageait à rien. Elle ne le pensait pas.

À la cabane, il se racla la gorge.

— Tu devrais enlever tes fringues mouillées.

Elle s'arrêta sur le seuil.

— Tu ne viens pas ?

— Plus tard. Je n'ai pas vérifié l'est et je ferais vraiment bien de m'en occuper. Je serai de retour pour dîner. Ferme la porte à clé. N'ouvre à personne. Utilise la corne de brume si quelqu'un vient.

Des avertissements et des protections parce qu'il ne pouvait pas rester. Il prit la fuite sans vergogne. Il le fallait, car il avait besoin de temps pour évaluer comment gérer la situation. C'était la première fois qu'une femme lui faisait une déclaration.

Il ne l'avait jamais voulu. Il aurait dû être horrifié.

Mais...

C'était Brandy. La femme qui s'était glissée dans sa vie et dans son lit et avait fait en sorte qu'il ne parvienne plus à imaginer ni l'un ni l'autre sans elle.

Et il ne pouvait pas gérer. Alors il fuit sur une pauvre excuse.

Les pièges ne montraient aucun signe de manipulations. Au contraire, il ne vit rien qui indiquait la présence de quoi que ce soit de vivant autour. Pas de traces d'animaux, pas de chants d'oiseaux, juste le bourdonnement des insectes qui n'étaient perturbés par rien.

Il était possible que la nuit amène naturellement le silence. Ces bois comptaient d'autres prédateurs que les humains et les Lycans, les ours étant les plus communs, mais même un gros cerf agressif ou un élan — que leur simple taille rendait intimidants — avait pu passer par là.

Il ne sentait rien. Son nez humain n'était pas vraiment idéal pour flairer quoi que ce soit, mais il n'avait pas la moindre idée de comment se changer en loup sans l'influence de la lune et il n'en avait pas envie. Le manque de contrôle n'était pas quelque chose à encourager.

Cependant, en cet instant, son incapacité à sentir correctement le perturbait. Le monde autour de lui semblait perdre de son naturel sans les odeurs habituelles. Il s'accroupit et effleura des doigts les feuilles humides. Cela l'aida à se ressaisir. Il réfléchit à son action suivante. Les différents pièges qu'il avait placés n'avaient pas été touchés. De frêles toiles d'araignées pendaient entre les arbres. Des feuilles étaient disposées selon un motif particulier. Tous les pièges n'étaient pas destinés à blesser. Certains étaient juste des avertissements. Il aurait dû être rassuré qu'aucun n'ait été déclenché. Au lieu de quoi, cela l'alerta.

Et si quelqu'un chassait dans ses bois ? Quelqu'un d'assez intelligent pour éviter tous ses pièges subtils ? Quelqu'un qui avait peut-être un coup d'avance sur lui ?

La panique le prit, mais pas pour lui. Il avait laissé Brandy toute seule dans la cabane. La porte était fermée à clé. Elle ne tiendrait pas longtemps contre quelqu'un de déterminé, mais chaque seconde comptait lors d'un combat.

Je n'aurais pas dû la laisser. En même temps, il savait qu'elle lui aurait botté les fesses pour avoir laissé entendre qu'elle était trop fragile pour rester toute seule, mais il avait envie de se botter les fesses à lui-même pour ne pas respecter ses propres règles vis-à-vis de leur relation.

Vérifier le périmètre. S'assurer qu'il n'avait pas été franchi. Il n'y avait que deux façons d'arriver ici. En faisant des jours de marche au milieu de nulle part, avec une montagne, une rivière et un marécage que même lui n'aurait pas voulu tenter. Ou en prenant la seule route qui existait. Une route où il pouvait entendre une voiture arriver à au moins un kilomètre par un jour tranquille. Le vent était complètement tombé, et l'humidité était lourde dans l'air, l'atmosphère étouffée par de gros nuages gris.

Je devrais faire demi-tour.

Il devrait arrêter d'être aussi dramatique. Il était parti moins d'une heure et il n'y avait aucun signe de danger. Il restait à portée d'oreille au cas où elle l'appellerait. La question étant : le ferait-elle ? Ça ne dérangeait pas Brandy de se battre. C'était une fille coriace avec un cœur en guimauve. Et c'était là deux des trucs parmi tant d'autres qu'il aimait chez elle.

Argh.

Il s'étrangla et vacilla, pris de vertige.

Ça ne pouvait pas être de l'amour. Ce n'était pas censé être de l'amour.

Et pourtant… s'il essayait d'imaginer un lendemain sans Brandy, l'existence lui semblait vide et inutile. Elle avait apporté du soleil dans sa vie et maintenant qu'il était baigné dans sa chaleur, il ne voulait pas la perdre.

Peut-être que ça expliquait la tension en lui. La conviction que quelque chose clochait dans cette forêt dépourvue de menace. Pourtant, son ventre restait serré.

Et merde. Il était resté dehors assez longtemps comme ça, sans mentionner que la raison même de sa fuite — sa déclaration d'amour — semblait maintenant vaine puisqu'il s'était avoué ce qu'il aurait dû savoir tout du long.

J'aime Brandy Herman.

Il prit la direction de la cabane en marchant à bonne allure, en regardant à droite et à gauche à la recherche du moindre signe de lumière ou de mouvement dans la forêt éclairée d'une lueur grise.

Plic. Ploc. Ploc. Une grosse goutte dégoulina d'une feuille et tomba sur son nez. La pluie avait commencé à s'abattre. Ce n'était qu'un avant-goût pour le moment, elle formerait bientôt des gouttes énormes qui tomberaient comme des bombes glaciales et humides.

Billy frissonna en passant devant le fût du chêne

massif qu'il avait surnommé Titan. Il ralentit et jeta un coup d'œil à l'écorce rugueuse à la base, avec des arêtes qui permettaient de se hisser jusqu'aux premières branches, suffisamment larges pour soutenir le poids d'un homme. Si Billy grimpait et que la chance était avec lui, même par ce temps nuageux il aurait peut-être une barre de réseau.

Il n'avait pas vérifié ses messages depuis... c'était quand la dernière fois ? Il avait été si distrait depuis qu'elle était là. Il aurait dû s'assurer que rien n'était arrivé.

En dépit de la pluie légère, il agrippa le tronc et commença à escalader. Accroché à l'écorce bosselée de l'arbre énorme, il atteignit une branche et de là, il pouvait passer de prise en prise jusqu'à être aussi haut qu'il l'osait. Seulement alors se redressa-t-il et sa tête et ses épaules passèrent à travers les feuilles mouillées. Il fut aussitôt trempé par l'eau qui ruisselait dessus. La pluie tambourina son visage alors qu'il passait à travers les branches, pas tout à fait à la cime de l'arbre, mais tout de même plus haut que la plus grande partie de la forêt.

Il plongea la main dans sa poche intérieure. Elle était imperméable et contenait des allumettes, une pierre de fusil et cinquante dollars. Le téléphone avait presque toute sa batterie puisqu'il le gardait éteint. Non seulement ça évitait qu'on le trace avec un satellite, mais ça économisait la batterie.

Le téléphone s'alluma et il entra son mot de passe sur l'écran d'accueil. Pas d'empreinte digitale ou de reconnaissance faciale pour lui. Il voulait une sécurité qui requière qu'il soit en pleine possession de ses moyens et consentant. L'écran n'afficha rien de nouveau, et l'icône en haut se mit à clignoter, à la recherche d'un signal. Quand elle se stabilisa enfin, elle parvint à afficher une toute petite barre de 3G.

Il devrait vraiment se renseigner pour faire mettre une parabole. Peut-être un système de sécurité aussi, avec des caméras de chasse. Celles reliées à un cellulaire, qui fonctionnaient au solaire. Des photos et vidéos presque instantanées.

Quant à ce soudain intérêt pour améliorer ses installations ? C'était Brandy. Une citadine comme elle voudrait sans doute un peu de confort. L'accès à Internet serait le plus simple s'il y mettait un peu d'argent. Ce serait sympa de pouvoir streamer un film par les nuits d'orage.

Son téléphone se mit à biper alors que les emails se déversaient dans sa boîte, ainsi que quelques SMS.

Il pouvait les lire plus tard si nécessaire. Il avait une seule barre, qui appeler ?

Avant même de finir de formuler cette question dans sa tête, voilà qu'il faisait défiler ses contacts à la recherche du numéro d'Ulric. Non seulement il serait le mieux informé, mais Billy pourrait aussi l'engueuler pour avoir laissé Brandy voyager toute seule jusqu'ici. Cela aurait pu être si dangereux. Non seulement à cause des accidents — dans le coin, les bêtes sauvages étaient balaises — mais aussi parce qu'elle aurait pu se faire enlever en chemin. Même s'ils avaient réglé le compte de ce type en ville, ça ne voulait pas dire qu'il n'y en avait pas d'autres qui auraient pu vouloir s'en prendre à Brandy.

Dring. Son téléphone sonna trois, quatre fois. La

ligne émit un clic et Billy s'attendit à atterrir sur le répondeur. Au lieu de quoi, Ulric décrocha :

— Inspecteur Gruff. Quelle bonne surprise.

Drôle de salutation. Est-ce que quelqu'un était en train de l'écouter ? Il décida de jouer le jeu pour le moment.

— Comme je l'ai dit au mariage, tu peux m'appeler Billy.

Une voix résonna et Ulric marmonna :

— Désolé pour le bruit de fond. Je suis en train de faire des courses.

Ah. Ça expliquait pourquoi Ulric s'exprimait avec prudence.

— Ça a l'air sympa.

— Davantage une nécessité. Je suppose que maintenant que tu sors avec la meilleure amie de la femme du patron, on te verra plus souvent à la boutique.

— Oui, ils m'ont déjà menacé de dîners à quatre.

— En parlant de couples, comment va Brandy ? Je n'ai pas eu de nouvelles depuis qu'elle est partie pour te rejoindre. Je suppose qu'elle est arrivée dans la cambrousse.

— Elle va bien. On passe un bon moment ensemble. C'est chouette d'avoir les bois juste pour nous. La ville, ça peut être tellement chaotique. Mais ce n'est pas pour ça que j'appelle. Elle s'inquiète pour son satané chat, mais elle ne pouvait pas appeler vu qu'il n'y a pas de réseau à moins de conduire une heure ou d'escalader un arbre.

Ulric toussa.

— Tu es dans un arbre ?

— Oui.

Cela lui valut un ricanement bien mérité.

— Tu dois vraiment bien l'aimer.

Billy rougit, tout seul, dans son putain d'arbre.

— Heu, c'est juste pour la rassurer quant à son chat. Comment va la petite saleté ?

— Son Altesse se porte à merveille. Elle a décidé qu'elle aimait beaucoup ma chambre. Particulièrement mon oreiller.

— Ça doit être sympa pour dormir.

— J'ai essayé de faire des siestes sur le canapé à des moments qui coïncident avec ses repas. Ça marche bien parce que maintenant je me rappelle de mettre à manger avant qu'elle se réveille tout affamée et griffue.

— Tu te rends compte que tu dois bien faire quatre-vingt-dix kilos de plus que ce chat ?

— Oui, et je suis impressionné par la capacité qu'a Son Altesse à faire en sorte que j'obéisse à ses moindres désirs. C'est un peu flippant pour être franc.

Ulric avait l'air sincère et Billy eut envie de rire, mais il n'avait pas appelé pour se divertir. Conscient que l'autre était en public, il tempéra son discours.

— J'ai entendu dire qu'il y avait eu une tentative de cambriolage l'autre soir.

Il ne s'inquiétait pas de le mentionner, car c'était le genre de choses que Brandy lui aurait dit, surtout puisque ça ne pouvait pas être aisément dissimulé. Des barreaux de sécurité sciés et une fenêtre cassée, ça se voyait même si l'on réparait vite.

— Oui. On a une vidéo d'avant qu'il explose les caméras. On a assez d'images du type pour que les flics aient pu l'identifier. Franklin Gregor. Un ancien détenu.

Il venait de sortir de taule. Je suis surpris que tu n'en aies pas entendu parler.

La voix d'Ulric baissa d'une octave alors qu'il disait d'un ton entendu :

— Apparemment, il était ami avec ces deux types qui ont sorti des flingues au commissariat la semaine dernière.

Le nom ne fit que confirmer ce que Brandy lui avait dit. Il se rappelait Franklin Gregor. Il l'avait chopé dans son laboratoire de méth, heureusement avant que celui-ci n'explose. Si quelqu'un méritait bien de faire de la prison, c'était Gregor. Un vrai enfoiré qui s'était fait arrêter trop de fois pour qu'on en tienne facilement une liste ; il avait commencé quand il était ado. Agresser Brandy et travailler avec d'autres pour faire preuve de violence ? Billy y croyait complètement ; cependant, il doutait que Gregor soit le cerveau derrière cette vendetta. Il n'avait pas le charisme pour attirer ne serait-ce qu'un cafard à sa suite. En prison, Gregor aurait été un suiveur comme les deux autres. Ce qui laissait la question : qui était leur alpha ?

Ce n'était pas juste un truc de loup. Chez les humains, il y avait des gens, principalement des hommes, qui avaient une façon de convaincre les autres de les suivre. C'était le cas de n'importe quel dictateur et de leurs soldats fervents, ou des sectes et des adeptes qui ingéraient sans rien trouver à y redire leur nouvelle religion.

Quelqu'un de charismatique pouvait convaincre les autres de faire ses volontés. Dans ce cas, de faire du mal à Billy Gruff en s'en prenant à Brandy.

Mais qui ?

— Putain, c'est du délire, finit par répondre Billy. Au moins, savoir de qui il s'agit permettra de l'attraper plus facilement.

— C'est ce qu'on pourrait se dire, pourtant les flics ne l'ont toujours pas trouvé.

D'une façon détournée, Ulric venait de l'informer qu'ils s'étaient débarrassés du cadavre d'une façon qui ne permettrait pas de le relier à eux.

— Si je m'occupais de ce cas, ce serait un conflit d'intérêts, dommage.

— Bah. On n'a pas besoin que tu nous fasses une faveur. On ne va pas s'inquiéter d'un petit criminel comme ça. En plus, il s'est barré avant de réussir à voler quoi que ce soit.

Ulric s'interrompit.

— Quand est-ce que tu rentres ?

— Je sais pas trop. La météo est pourrie. Je sais pas si l'on devrait passer le reste de la semaine ici ou rentrer demain.

— Restez. La météo n'est pas meilleure ici.

Ça signifiait que le danger n'était pas passé.

— Dit le type qui essaie de bien se faire voir d'un chat.

Billy redonna un ton léger à la conversation.

— Elle m'aime déjà… Argh.

Le cri aigu fit s'exclamer Billy :

— Ulric ?

— C'est rien, juste une griffure, dit Ulric avant de se racler la gorge. C'est de ma faute. J'ai laissé Sa Majesté dans la voiture trop longtemps. Pour ma défense, il y avait du monde à la poissonnerie.

— Tu as acheté du poisson frais pour son chat ?

— Rien que le meilleur pour la petite princesse.

Billy pouffa de rire.

— Tu te fais vraiment mener à la baguette. Il faut que j'y aille. La pluie commence à être plus forte et Brandy cuisine un truc que je peux sentir d'ici.

Il y avait une odeur délicieuse dans l'air.

— Est-ce que c'est son chili ? Elle en fait un trop bon avec plein d'épices.

Ne sois pas jaloux. Billy fit de son mieux pour ne pas écraser le téléphone dans ses doigts en répondant :

— Elle n'a pas besoin de cuisiner pour pimenter les choses entre nous.

Là-dessus, il raccrocha. Et puis il se considéra avec stupeur. Il n'avait jamais été si... Si blasé auparavant. Ulric devait se demander ce qui lui arrivait.

Effectivement, qu'est-ce qui lui arrivait ? Billy n'était pas juste en train de tomber amoureux. Il était parti à la renverse depuis belle lurette. Il descendit de l'arbre et atterrit sur le sol humide où il remarqua une fois de plus l'immobilité alentour. Pendant qu'il était dans les branches, il s'était davantage concentré sur son téléphone que sur l'environnement. Mais maintenant, au milieu des troncs, le brouillard faisait comme un linceul et un silence étrange était tombé. Il n'y avait ni vent ni craquements dans le feuillage. Et plus menaçant encore ? L'absence du bourdonnement des insectes. Ses cheveux se dressèrent sur sa nuque. En dépit de l'absence de preuves, il aurait juré qu'il n'était pas seul. À pas prudents, il se rapprocha de la cabane tout en se demandant s'il n'aurait pas dû faire le contraire. La personne — la chose — qui le suivait savait-elle que Brandy était là ? Si c'était le cas, alors se rapprocher de la cabane serait plus utile pour Brandy. Il accéléra son allure, à moitié accroupi, alerte. Son ouïe s'affina. Sa vision s'éclaircit. Le danger que courait Brandy faisait battre son cœur. La bête voulait aider. Avec insistance. Mais pas assez pour qu'il se transforme.

Le truc avec les Lycans, c'est que le loup n'avait la force de sortir qu'à la pleine lune. À moins que l'homme n'ait un alpha en lui. Un Lycan alpha pouvait se changer n'importe où n'importe quand : le loup était plus fort que l'homme. C'était une drôle de façon de le formuler, étant donné que les alphas étaient connus pour leurs qualités de meneurs et la force de caractère qu'ils démontraient. Mais quand il s'agissait de qui contrôlait le corps, chez un alpha, le Lycan pouvait se frayer son chemin à volonté.

Un loup en cet instant n'était peut-être pas la meilleure chose pour protéger Brandy. À la différence de ses frères qui évitaient les flingues, Billy aimait mieux équilibrer les choses. Mais ce n'est pas le fusil à son épaule qu'il décrocha : plutôt la dague qui tenait bien dans sa paume. Son poids était familier dans sa main. Il lançait des couteaux depuis qu'il était ado et les gars qui vivaient dans le ranch à côté lui avaient appris.

Il courait à petite vitesse, le brouillard environnant rendait la vision difficile. C'était bizarre, étrange, ne serait-ce que de le penser, étant donné son héritage lycan. Pourtant il n'y avait pas de meilleur moyen de le décrire. Il n'avait jamais vu une telle chose en dehors de films d'horreur.

Il fonça en se souvenant du sang et des cris à l'écran. Il ne pouvait pas laisser quelque chose arriver à Brandy.

Apparemment, il aurait dû davantage s'inquiéter de lui-même.

Les chauves-souris attaquèrent alors qu'il sortait de la forêt pour entrer dans la zone dégagée autour du chalet. Il ne les vit pas arriver dans le brouillard qui formait comme une couverture qui étouffait leurs sons jusqu'à ce qu'elles soient presque sur lui. Même alors, il n'entendit que l'étrange murmure de papier de leurs ailes. Quelques-unes d'abord et puis de plus en plus au milieu du brouillard tourbillonnant, sombre voile digne d'un cauchemar.

Il fit de son mieux pour se frayer un chemin. Le déluge de chauve-souris ne diminua pas. La nuit sombre qui l'entourait était comme un cyclone de fourrure, de crocs et d'ailes.

— Billy !

Il entendit bien trop clairement le cri de Brandy. Elle avait dû sortir de la cabane.

— Rentre, espèce d'idiote !

Ce n'était pas super sympa, mais à quoi est-ce qu'elle pensait en sortant comme ça ? Il se débattait au milieu de la nuit et il l'entendit clairement s'exclamer :

— Pourquoi on n'a pas un lance-flamme sous la main quand on en a besoin ? Est-ce que tu as de la laque pour cheveux dans le coin ?

— Pas de feu, beugla-t-il. On est entourés d'arbres qui ne demandent qu'à s'enflammer.

— Tu as du piment en poudre ? hurla-t-elle tandis qu'il donnait de grands coups avec ses mains dans les chauves-souris.

Il y en avait des dizaines, peut-être des centaines qui les attaquaient. Pas très efficacement, il fallait dire. Elles avaient beau essayer de s'en prendre à sa tête et à son corps, elles ne parvenaient pas à le mordre ou à faire davantage que quelques griffures.

Et voilà que Brandy le rejoignit en faisant des moulinets avec une botte dont elle frappa les petits corps velus. Elle le rejoignit, les yeux écarquillés.

— Qu'est-ce qui se passe ? hurla-t-elle en balançant sa botte de destruction massive dans les airs.

— Une attaque de chauve-souris, marmonna-t-il.

Une réponse absurde, mais rien dans tout cela n'avait de sens.

— Ça me rappelle quand elles ont attaqué l'appartement de Griffin en ville.

Elle continua à faire des moulinets avec sa botte, dangereusement proche de son visage.

— Rentrons.

La marée de chauve-souris s'était suffisamment amenuisée pour qu'il puisse attraper la jeune femme et l'attirer vers la cabane. Ils coururent à l'intérieur et il claqua la porte et plaça la barre dessus comme si ça ferait une différence. Le problème serait les fenêtres. Il alla jusqu'à la plus large dont les rideaux étaient grands ouverts. Le brouillard à l'extérieur affectait la visibilité, mais alors qu'il regardait, il s'éclaircit juste assez pour lui permettre de voir la nuée diminuer et partir en volant au-dessus de la forêt.

— Elles sont parties.

— Pas toutes.

Brandy referma les bras autour de son buste en regardant les petits cadavres éparpillés sur le sol.

Un forestier digne de ce nom aurait appelé l'agence gouvernementale en charge de la vie sauvage et leur aurait demandé de venir prendre des échantillons. Cela conduirait à des tas de questions et le forcerait à rester alors qu'il voulait partir. Un brouillard surnaturel et une attaque de chauve-souris ? Il n'avait pas envie d'être le crétin dans les films qui insistait pour rester en disant que tout allait bien. Même s'il s'inquiétait du danger qu'il courrait en partant.

Mais en ville, il pourrait compter sur ses frères.

Avec une expression sinistre, il gronda :

— Fais tes valises, on rentre.

CHAPITRE 16

Billy lui avait dit de faire ses bagages et Brandy resta plantée là, bouche bée, avant de balbutier :
— Pardon ?
— On s'en va.
— Maintenant ?
— Oui.

Il marcha jusqu'à la commode et ouvrit les tiroirs dont il sortit ses affaires pour les fourrer dans le sac qu'il venait de retirer de sous le lit.
— À cause des chauves-souris ?

Pour être franche, elles étaient flippantes, mais en même temps, elles ne leur avaient pas fait de mal.
— Entre autres choses. Je n'aime pas que nous n'ayons aucun accès au monde extérieur, et si l'on y ajoute le fait qu'on n'a trouvé aucun signe que nous étions suivis, ça me pousse à penser que nous perdons notre temps.
— Bon, ben, excuse-moi. Je ne m'étais pas rendu compte que c'était si chiant de passer du temps tous les deux.

Il lui jeta un regard sombre.

— Tu sais que ce n'est pas ce que je veux dire. Ma priorité numéro un, c'est de te tenir en sécurité, et je ne pense pas pouvoir le faire ici.

— Pourquoi on ne pourrait pas partir demain matin ? Le dîner est presque prêt.

Non qu'elle ait beaucoup d'appétit. Elle venait juste de défoncer des chauves-souris avec une godasse et tout ce que ça lui avait valu c'était un sale goût dans la bouche et une pelouse couverte de rats ailés.

— Combien de temps avant qu'on puisse manger ? J'aimerais être sur la route bientôt.

— C'est un long trajet de nuit. Je ne suis pas super à l'aise avec la circulation dans le noir, dit-elle en plissant le nez.

— On peut s'arrêter dans un motel si tu veux. Je veux juste partir d'ici.

— Oh, du sexe dans un motel crasseux. Là, ça me parle.

Elle se tourna vers le four et le coupa. Elle en sortit une cassolette qu'elle posa sur la table pour qu'elle refroidisse pendant qu'elle faisait ses bagages. Quand elle lui offrit à manger, il prit une portion et la goba littéralement. Elle mangea une plus petite quantité. Ça devait être lui qui était contagieux. Elle avait désormais hâte de partir elle aussi.

Après avoir fait la vaisselle rapidement, elle chargea son sac dans la voiture tout en regardant autour d'elle comme si elle s'attendait à une autre attaque de chauve-souris. C'était idiot, vraiment. C'était probablement juste le brouillard qui les poussait à ce comportement bizarre. Alors qu'elle claquait la porte du coffre, Billy émergea de la cabane avec une glacière.

— Qu'est-ce que tu fais ? demanda-t-il.

— Je me prépare à partir comme tu l'as ordonné.

— C'est pas le bon véhicule. On prend le mien.

Il mit la glacière, ainsi que les sacs qu'il avait déjà amenés, dans son gros SUV. Elle renifla.

— Non. Tu es conscient que c'est une voiture de location. Si je ne la rends pas, ça va me coûter une fortune.

— Je ne veux pas que tu sois seule.

— Alors tu n'as qu'à monter avec moi.

— Mais j'ai besoin de ma bagnole.

— Et moi de la mienne. Alors tu vas devoir admirer mes feux arrière.

— Ça ne me plaît pas, dit-il avec une grimace.

— Il y a des tas de choses qui ne te plaisent pas, souligna-t-elle.

Sa mine se fit encore plus bourrue et il répondit :
— Mettons.

Au final, il n'eut pas le choix. Ils prirent chacun leur voiture et elle passa devant, agrippée à son volant tandis qu'ils remontaient la route étroite à travers cette forêt qui paraissait bien plus menaçante de nuit.

À chaque virage, elle s'attendait à voir un obstacle. Un arbre. Un animal. Un cadavre. Un monstre... La faute à tous les films d'horreur qui avaient choisi ce moment pour se rappeler à ses souvenirs.

Vu qu'elle avait peur de percuter un élan — ce qui n'est jamais bon pour une voiture — elle respectait la limitation de vitesse. Le trajet solitaire lui faisait regretter de ne pas avoir insisté davantage pour qu'il monte avec elle. Une bonne heure s'écoula avant que son téléphone commence à émettre des bips parce qu'il recevait des messages. Elle ne l'avait pas relié à la voiture de location, ce qui voulait dire qu'elle ne pouvait pas voir s'ils étaient importants et s'arrêter au bord de la route dans le noir avec la forêt oppressante tout autour ne semblait pas non plus la meilleure des idées.

Mais puisqu'elle avait du réseau, ça voulait dire qu'elle pouvait passer un appel.

— OK, Hal, appelle le Viking.

Elle avait nommé son téléphone comme le superordinateur dans *2001*. Quant à qui elle appelait...

Ulric ne répondit pas. Il y eut le bip de son répondeur et elle laissa un message basique :

— On rentre. On s'arrête bientôt quelque part pour la nuit. J'espère que Froufrou est sage.

La dernière fois qu'elle l'avait vu, son chaton faisait obéir le géant blond à la griffe et à l'œil.

Elle était sur le point d'appeler Billy, juste pour le lien avec un autre humain, quand il lui fit un appel de phares de derrière. Elle ralentit alors qu'il la doublait. L'espace d'un instant, elle crut que c'était pour rouler plus vite, mais il se gara devant un motel miteux, le genre où il n'y avait plus que la lettre T d'éclairée, et où le bâtiment n'était qu'un long rectangle. Elle aurait pensé qu'il était à l'abandon sans la faible lumière qui filtrait des volets de la dernière fenêtre à côté d'une porte où l'on avait utilisé du scotch fluo pour écrire *Réception*.

Billy s'arrêta devant et elle se gara à côté de lui.

— Tu as réservé, demanda-t-elle en s'étirant une fois sortie.

— Non, mais vu le parking vide, je ne pense pas que ce sera un problème.

— Il y avait toujours de la place dans le motel de Norman Bates parce qu'il tuait ses clients, marmonna-t-elle.

Elle se recroquevilla sur elle-même à cause du froid.

— Certains des gars y ont déjà passé la nuit. Le proprio est inoffensif. On y va.

Il prit sa main dans la sienne, mais elle remarqua que son autre main restait le long de son corps et que sa veste était ouverte. Elle savait qu'il avait un pistolet dans son holster sous l'aisselle. C'était rassurant.

Une clochette sonna quand ils entrèrent dans la réception. Ça puait la cigarette, et des rires enregistrés montaient de la télévision qui était allumée quelque part.

Avant que Billy puisse appuyer sur le bouton, une grande perche entra, les yeux écarquillés, ses cheveux sombres rassemblés en natte.

— Bonsoir.

— Salut.

Billy lui décerna un sourire à haut voltage.

— On voudrait une chambre.

La femme ne lui rendit pas son sourire et ouvrit un carnet.

— Des lits doubles ou un grand ?

— Un grand, s'il vous plaît.

— En espèces ou par carte ?

— Par carte.

La femme sortit son téléphone et clipsa un lecteur de

cartes portable dessus, prêt avant même que Billy ait sorti sa carte.

Dès que le paiement de soixante-dix-neuf dollars plus la TVA fut passé, elle leur fournit une clé d'où pendait le chiffre trois.

Ils sortirent de la réception et alors qu'il la guidait vers la chambre, Brandy demanda :

— On ne devrait pas bouger les voitures ?

— Non, parce que ça serait comme annoncer à tout le monde dans quelle chambre on est.

— Ça va être assez évident de toute façon. Ou bien tu comptes rester assis dans le noir ?

Il soupira.

— D'accord, peut-être que je suis parano. Je suis encore un peu perturbé par ces chauves-souris. Après toutes ces années passées à la cabane, c'est la première fois que ça arrive.

— Et il s'avère que c'était rien du tout. Regarde-nous. Pas la moindre morsure. On dirait que je vais devoir attendre encore un peu avant de devenir une vampire.

Il renifla.

— Il n'y a pas de vampires dans le coin.

— Attends, tu es en train de dire qu'ils existent ?

— Peut-être.

Il lui fit un clin d'œil et mit la clé dans la serrure. Elle le suivit sans pouvoir s'empêcher de demander :

— Qu'est-ce qu'il y a d'autre qui existe ? Les sirènes ? Les chupacabras ? Les licornes ?

— Je dirais que toutes les créatures du folklore ont existé à une époque, mais que l'humanité les a conduites à l'extinction.

— Pas les loups-garous, fit-elle remarquer.

— Les loups-garous, à la différence de la plupart des autres créatures, peuvent se cacher des humains.

Elle observa leur chambre, une vraie relique, avec le tapis en peluche élimé par endroits. Il faisait de si grosses bouloches que n'importe quoi pouvait être caché là-dedans. Une couverture grossière avec un motif hideux était posée sur le lit. Les meubles sombres et massifs avaient de légères griffures partout sur leur surface. Si la télévision se décrochait, elle pourrait tuer quelqu'un.

— J'ai l'impression d'avoir remonté le temps, marmonna-t-elle en passant la tête dans la salle de bain pour admirer le carrelage moutarde qui faisait ressortir la cuvette des toilettes vert pâle.

— C'est vintage, ma belle, répondit-il depuis la porte. Tu as faim ?

— Un peu, mais je n'ai pas vu de restaus dans le coin.

Ni de glace. Elle aurait aimé manger un truc pour se consoler de la rapidité avec laquelle il leur avait fait quitter leur chouette petite cabane dans les bois. Le grand lit confortable lui manquait déjà, tout comme l'homme qu'elle avait appris à connaître. L'amant — celui dont elle avait appris à connaître le corps intimement — allait-il redevenir le grognon Inspecteur Gruff ?

— Je pourrais amener la glacière pour qu'on grignote un truc.

— Je doute qu'il y ait grand-chose dedans qu'on puisse manger, il n'y a pas de micro-ondes.

— Je vais jeter un coup d'œil pour voir si je peux nous trouver quelque chose à manger et à boire.

— Si tu arrives à nous fournir du vin, je ne me plaindrai pas.

— C'est pour me faire comprendre de ramener la bouteille de ton coffre ?

Elle eut un grand sourire.

— J'y ai mis ton tournevis et ton marteau, juste au cas où.

Il secoua la tête.

— Incorrigible.

— Disons plutôt que je suis toujours prête.

Il partit et revint avec la bouteille et les outils. Il la déboucha lui-même et les servit dans des gobelets en carton.

— Ah, voilà, là on parle, taquina-t-elle en portant son verre à ses lèvres.

— J'aurais dû amener les chips qu'il restait de la cabane pour vraiment fêter l'occasion, ajouta-t-il en retroussant les lèvres.

— Dommage qu'il n'y ait pas de distributeur, dit-elle en faisant la moue.

— Toute chance n'est peut-être pas perdue. D'après la carte sur mon téléphone, il y a une station-service à côté qui doit vendre des trucs à grignoter. Remets tes chaussures, on va aller les dévaliser.

— Que dalle. Je suis posée et j'apprécie ce bon vin.

Elle leva son verre comme pour porter un toast et se laissa tomber sur le fauteuil en skaï devant la fenêtre.

— Je n'aime pas l'idée de te laisser toute seule.

Il semblait partagé, son regard passant d'elle à l'extérieur.

— Il n'y a personne ici, fit-elle remarquer. Tout ira bien. Tu ne seras pas parti longtemps.

Sa logique l'emporta. Il tira les rideaux sur la fenêtre et vérifia la salle de bain avant de se pencher pour l'embrasser et murmurer :

— Ne sors pas de la chambre et ferme à clé derrière moi.

— Ne tarde pas trop. Le vin me donne faim.

Il pouffa de rire.

— Tu es comme ton chat. Ulric dit que Son Altesse — c'est son nouveau titre, au fait — n'a pas manqué un seul repas.

— Quand est-ce que tu as parlé à Ulric ?

— Juste avant que les chauves-souris ne pètent un câble.

— Ça devait être une histoire de signal alors. Tu sais, elle utilise un sonar pour se déplacer.

— Ça n'explique pas le brouillard.

— Tu sais ce qui l'expliquera ? Google. Pose-lui la question, et tu en apprendras plus que tu n'as jamais voulu en savoir sur le brouillard. Par contre, ne va pas lire ce que Stephen King a écrit sur la question.

Il grimaça.

— Je sais que ça a l'air idiot.

Elle donna un petit coup dans son menton.

— C'est surtout que tu t'es mis à flipper. Ne crains rien, beau gosse, je te protégerai.

— Comment ? Je n'ai ni bottes ni poêle à frire à te filer.

Elle eut un grand sourire.

— Ne t'inquiète pas, je trouverais quelque chose à balancer autour de moi.

— J'en suis sûr, la taquina-t-il.

Il partit et Brandy fit défiler les messages qui

s'étaient accumulés au cours des derniers jours sur son téléphone. Maeve lui avait envoyé des photos de vacances, elle avait l'air si heureuse et amoureuse. Ulric lui avait aussi envoyé un bon nombre d'images de Froufrou, ce qui la fit sourire. Il y avait un appel d'un numéro qui n'avait pas laissé de message sur son répondeur, mais lui avait envoyé un SMS composé d'un seul mot : *Bientôt*.

Ça la fit frissonner et elle se souvint des messages au bureau. Elle l'effaça et bloqua le numéro. Sans doute un faux numéro. Ou bien est-ce que c'était lié à ce qui se passait ? Merde. Il fallait qu'elle en parle à Billy. Elle le ferait dès qu'il reviendrait.

Elle envoya quelques réponses et photos de son côté. Il n'y avait peut-être pas de réseau à la cabane, mais ça ne l'avait pas empêchée de prendre des photos. Billy en train de couper du bois. Billy qui retirait son t-shirt. Billy dans les bois, avec une vraie mine de prédateur. Billy avec une expression de désir brûlant qui la faisait fondre.

Elle s'ennuyait et elle avait faim. Elle s'allongea à plat ventre sur le lit, pas intéressée par les réseaux sociaux. À la place, elle fit défiler les photos qu'elle avait prises de ces quelques jours avec Billy. La cabane. Lui dans le lit sous les couvertures. Lui en train de cuisiner. Ça la fit sourire. Celles dans les bois étaient moins nettes, car la lumière ambiante et l'environnement les rendaient floues.

Un pâté vert, peut-être une feuille ?
Effacer.
Billy qui retenait une branche pour elle ?
Archiver.

Elle aurait effacé la suivante, vu que plus de la moitié était prise par du tronc, mais son attention se porta sur un visage au loin, qui sortait de derrière un autre arbre, et dont les traits ressortaient nettement.

Elle ne connaissait pas ce visage. Mais, plus inquiétant, ça voulait dire qu'ils avaient été observés. Ça pouvait être innocent — un randonneur ou un chasseur — et pourtant, ça la glaçait de se rendre compte qu'ils n'avaient pas été seuls. Oh, Seigneur, est-ce que cette personne les avait observés pendant qu'ils faisaient des trucs dans les bois ?

Billy n'était pas encore revenu, alors elle lui envoya la photo avec un SMS qui disait : *Tu avais raison. Il y avait quelqu'un dans les bois.* Mais avant qu'elle puisse appuyer sur Envoyer, son téléphone s'éteignit.

Elle le fixa.

— Tu déconnes ?

Il était à vingt et un pour cent.

— Argh.

Batterie à la con. Elle roula du lit pour prendre le chargeur. Pas dans son sac à main. Il n'y avait que des vêtements dans sa valise. Mince. Elle avait dû l'oublier dans la voiture.

Les clés tintèrent quand elle les ramassa sur la commode. Elle s'arrêta devant la porte. Billy lui avait dit de rester à l'intérieur. Mais bon, il serait de retour d'ici une minute et il n'y avait personne d'autre ici. Au moment où elle posait la main sur la poignée, elle se souvint qu'ils s'étaient crus seuls aussi à la cabane.

Elle était parano. C'était sans doute simplement quelqu'un qui se promenait dans la nature ou campait dans les bois. Ce n'était pas comme si la propriété de Billy était clôturée.

La voiture était juste devant. Elle la voyait depuis la porte. Elle aurait vu quelqu'un arriver de loin.

Elle ouvrit la porte et passa la tête à l'extérieur. Il n'y avait que sa voiture sur le parking. Billy avait dû prendre la sienne pour aller à la station-service. Elle bloqua la porte pour qu'elle reste ouverte. Elle fut à la voiture en quelques secondes. Elle appuya sur la clé électronique et ouvrit la portière côté conducteur. Le chargeur n'était pas branché sur l'allume-cigares. Elle se pencha pour regarder dans la boîte à gants avant de jeter un coup d'œil dans le casier de la portière passager.

— Ah, te voilà, marmonna-t-elle en se tordant pour l'attraper.

Ses doigts le saisirent au moment où elle entendit le gravier crisser. Elle sortit de voiture si vite qu'elle se cogna la tête. Elle ravala ses larmes et c'est ce qui la sauva de l'éblouissement. Un véhicule passa lentement, et après la lumière intense de ses phares, elle ne put distinguer le conducteur. Elle claqua sa portière et remarqua que la voiture s'était arrêtée à l'autre bout du parking, ce qui la laissait avec un dilemme. Si elle allait dans sa chambre, il verrait laquelle était la sienne. Au lieu de quoi, elle entra dans la réception où la clochette sonna, rassurante.

La télé passait toujours en fond sonore, mais la femme ne sortit pas voir qui était là. Brandy jeta un coup d'œil par la fenêtre et vit que la voiture était ressortie à l'autre bout du parking et était retournée sur la route.

Elle poussa un soupir de panique. Fausse alerte. Enfin bon, c'était bizarre. Pourquoi rouler sur le parking ? Peut-être qu'ils avaient cru que le motel était fermé ?

Ou bien ils l'avaient vue depuis la route, les fesses en l'air en train de chercher son chargeur, et ils s'étaient dit qu'elle était une proie facile. Quoi qu'il en soit, tout allait bien et Billy serait bientôt de retour. Il serait en rogne s'il revenait pendant qu'elle était en train de se balader.

Elle sortit de la réception et fonça vers sa chambre. La porte était toujours entrebâillée par le clip qu'elle avait coincé dedans pour éviter de se retrouver enfermée dehors. Elle la claqua et s'appuya contre.

Sauvée.

Enfin bon, avait-elle vraiment couru un danger ? Elle n'avait pas l'habitude d'être aussi nerveuse. Peut-être que les récentes agressions l'avaient davantage secouée qu'elle ne s'en était rendu compte. Brandy s'était toujours félicitée d'être indépendante et de ne pas flipper facilement. C'était avant qu'on l'étrangle, la drogue et l'enlève, et aussi avant qu'elle ne soit la cible de chauves-souris bizarres et d'un taré avec une Sawzall. Son pouls rapide et sa peau moite ne venaient pas de nulle part.

Elle jeta un coup d'œil à la salle de bain. Une douche lui ferait du bien, et Billy serait content de la trouver toute chaude et mouillée à son retour.

Elle se débarrassa de ses chaussures et passa dans la salle de bain. Le rideau de douche, bordeaux foncé, était tiré en travers de la baignoire. Elle hésita l'espace d'une seconde, mais le tira d'un coup violent.

Il n'y avait rien dans la baignoire verte à part des taches de rouille.

— Tu es nunuche, se morigéna-t-elle.

Elle ouvrit l'eau et était sur le point de retirer son t-shirt quand elle entendit quelque chose. Un grattement à la porte et le cliquetis de verres la firent se retourner, le cœur battant. Quelqu'un ouvrit la porte.

Billy était de retour.

Elle s'élança à toute vitesse pour tirer sur la poignée, tellement elle avait hâte de sentir ses bras autour d'elle.

Elle se retrouva à fixer bêtement la personne et marmonna :

— Vous n'êtes pas Billy.

Le temps que ça monte au cerveau, elle était déjà inconsciente.

CHAPITRE 17

La station-service n'était pas loin du motel, huit cents mètres, ça se faisait à pied. Billy prit la voiture, en grande partie, pour s'assurer qu'au moins un de leurs véhicules avait le plein. C'était plus prudent au cas où ils devraient partir vite.

Est-ce qu'il pensait qu'ils étaient en danger ? Il n'arrivait pas à savoir. Les intuitions de l'inspecteur étaient brouillées parce que son inquiétude pour Brandy perturbait sa rationalité. Il n'avait rien trouvé dans les bois. Aucun signe que quelqu'un y est passé. C'était le comportement étrange des chauves-souris et son sixième sens qui l'avaient poussé à fuir. Et il était sens dessus dessous parce qu'il n'avait toujours pas regardé en face son amour pour Brandy.

Il entra dans la station-service et commença à faire le plein. Pendant que l'essence se déversait lentement, il sortit son téléphone et dicta une recherche. *Nuée de chauves-souris.* Il obtint surtout des références à des films et des livres. Il pinça les lèvres. *Comportement étrange de chauve-souris.* Ça ne donna rien non plus.

Sonar des chauves-souris qui ne fonctionne plus. Cela lui donna quelques liens intéressants. Il parcourut un article qui parlait d'interférences dans l'écholocalisation, quand le sonar de l'animal était perturbé. Cela les conduisait à être désorientés et à agir n'importe comment. Pile ce qui s'était passé avec ces chauves-souris.

Brandy avait raison. Il avait laissé sa peur les pousser dehors au milieu de la nuit. Quelle attitude émasculée. En même temps, il fallait qu'il rentre avant que son congé ne devienne permanent.

Sa voiture buvait une quantité inimaginable d'essence, et il était choqué du prix à chaque fois. Satanée taxe carbone. Ça faisait un trou dans son budget depuis qu'elle était passée. En dépit de l'augmentation, il ne comptait pas changer ses habitudes de conduite ni son véhicule. Il faudrait lui passer sur le corps pour lui arracher son SUV, gros consommateur d'essence, même si ça le réduisait à la pauvreté.

Son téléphone bipa. Un message d'Ulric s'afficha à l'écran. *Appelle-moi. Je sais que tu as du réseau. La ligne est sécurisée.*

C'était du sérieux, ce qui voulait dire qu'il ne pouvait pas remettre ça à plus tard, mais il fallait bien qu'il paie son essence sinon le caissier appellerait les flics. Billy avait choisi de ne pas prépayer à la pompe parce qu'il comptait rentrer dans la boutique pour acheter des trucs à grignoter et des boissons. Il n'avait qu'à faire ça vite avant d'appeler Ulric.

Alors qu'il entrait dans le magasin, son téléphone sonna. Un coup d'œil à l'écran lui apprit qu'il s'agissait d'un Ulric impatient. Il répondit tout en prenant le rayon chips.

— Eh, quoi de neuf ?

— C'est bien que tu m'aies ignoré et que tu te sois barré. C'est la merde depuis la dernière fois qu'on s'est parlé.

— Ce n'était pas franchement une conversation.

— Ce n'est pas de ma faute si tu appelais au mauvais moment.

— Qu'est-ce qui s'est passé ?

— Déjà, je vais partir du principe que Brandy est avec toi.

— Plus ou moins. Elle m'attend dans la chambre du motel.

Avec un peu de chance, presque à poil.

— Je suis allé nous chercher à bouffer.

— Oh putain. Il faut que tu retournes auprès d'elle.

Il reposa le paquet de chips qu'il venait de saisir. Son ventre se serra.

— Qu'est-ce qui se passe ?

— Tu te souviens que ces types qui font du grabuge sont tous récemment sortis de prison ?

— Oui.

— Il s'avère qu'il y a eu un incident dans ladite prison. Les infos n'en ont parlé qu'il y a une heure.

— J'en déduis qu'il y a eu une évasion ?

— Oui. Ils ne savent pas encore vraiment combien ou comment. Ils sont toujours en train d'identifier les corps.

Au pluriel.

— Attends, tu es en train de dire qu'ils ont tué pour s'échapper ?

— C'était plus que tuer des gens pour s'échapper. C'était le personnel et les autres prisonniers, sans distinction. En lambeaux, comme s'ils avaient été attaqués par un animal. Les cadavres n'ont plus de sang.

En entendant ça, Billy se hâta à travers les rayons pour se présenter à la caisse. Il voulait juste payer et partir. S'enfuir en panique ne ferait qu'attirer une attention non désirée sur lui.

— Donne-moi une seconde, murmura-t-il à Ulric.

Le jeune type derrière le comptoir était captivé par son téléphone. Billy se racla la gorge.

— Je viens payer l'essence.

— Oui.

Le type tapa un truc sur sa caisse. Billy sortit son portefeuille. La porte derrière lui s'ouvrit. Rien d'étrange à cela — c'était une station-service après tout — mais le caissier écarquilla les yeux et recula.

Oh merde. Billy fit volte-face et n'eut qu'une milliseconde pour réagir alors que la personne qui venait de rentrer levait un fusil. Billy se pencha pour éviter le coup qui partait, et puis il plongea et percuta les jambes du tireur.

À sa surprise, non seulement le caissier arracha le fusil à l'agresseur, mais il l'appuya contre le front de celui-ci et cracha :

— Espèce d'abruti. Qu'est-ce que je t'ai dit qui se passerait si tu essayais de me cambrioler à nouveau ?

L'abruti en question pleurnicha :

— Allez, Rory. Je croyais que c'était Hanna qui travaillait ce soir.

— Encore pire.

Billy se leva vu que le caissier semblait avoir le contrôle de la situation.

— Heu, je suis un peu pressé.

Le caissier ne le regarda même pas.

— Ne vous en faites pas pour l'essence. Allez-y, et si quelqu'un vous pose des questions, il ne s'est rien passé.

Le caissier posa le pied sur le torse du braqueur et appuya jusqu'à ce que l'autre gémisse.

Un flic digne de ce nom serait resté pour maîtriser la scène, mais Ulric pensait que Brandy était peut-être en danger. D'ailleurs. Billy avait lâché le téléphone et la communication s'était coupée. Il rappela en sautant en voiture et démarra en trombe.

— Qu'est-ce qui s'est passé, putain ? hurla Ulric.

— Un cambriolage. Je suis en train de rejoindre Brandy, là.

— Tant mieux. Parce qu'il s'avère que c'était peut-être elle la cible tout du long.

— Explique. Vite.

— Ils n'ont pas donné beaucoup d'infos publiquement sur le massacre dans la prison, mais Dorian a réussi à pirater le groupe qui examine l'affaire.

Depuis la pandémie, beaucoup de processus avaient désormais lieu en ligne. Cela avait créé de nouvelles manières d'acquérir des informations.

— Un des flics sur les lieux a dit que le tueur, ou les tueurs — ce qui semble plus probable — ont laissé un message : *Gruff doit mourir*.

— Je ne vois pas en quoi ça indique que c'est Brandy la cible. On dirait plutôt une vendetta contre moi.

Sans doute une petite frappe qui était en rogne que Billy l'ait arrêtée.

— Je n'ai pas fini. Ce n'était pas le seul graffiti. Il y avait un cœur avec les initiales BL + CJ.

— Et ?

Les initiales auraient pu n'être qu'une coïncidence.

— Je n'ai pas fini, reprit Ulric. L'un des gardes qui a survécu parce qu'il était en congé a dit que ça désignait Clive Johnson et une de ses ex.

— Je suppose qu'il s'agit du Clive Johnson que j'ai arrêté pour un cambriolage à main armée qui a fait cinq morts.

Il aperçut les phares d'un véhicule qui venait dans l'autre direction.

— C'est bien lui. Il s'avère que Clive a eu une histoire avec Brandy. Ils sont sortis ensemble pendant un temps, et ils ont rompu à peu près à l'époque où tu l'as arrêté. Même en prison, ça lui est resté en travers de la gorge. Elle a changé de numéro et s'est mise sur liste rouge. Ce connard est resté obsédé. Il lui a écrit des centaines de lettres. Le contenu en était si délirant qu'ils les ont juste balancées.

— Pourquoi elle ne m'a pas dit que son ex était un criminel et un dingue ? marmonna Billy.

— Sans doute parce que c'était il y a des années de ça et qu'il était censé être toujours en taule.

Il s'arrêta sur le parking du motel et remarqua que la lumière de la réception était éteinte. Il continua à parler à Ulric.

— Si Clive est si obsédé que ça, il doit vouloir que je dégage de son chemin. Je vois aussi pourquoi il aurait essayé d'enlever Brandy. Mais ça n'explique pas comment il se débrouille pour avoir toutes sortes de petites frappes qui travaillent pour lui.

— Ma théorie c'est que c'est un genre de gourou. Il a convaincu un petit groupe de taulards de se joindre à lui pour s'échapper et zigouiller plein de gens.

— Et Brandy est la première personne qu'il risque de chercher.

Il pila à côté de sa voiture sur le parking.

— Je suis au motel.

Et à son grand soulagement, il n'y avait pas d'autres véhicules.

— Je vérifie que tout va bien et je te rappelle.

Il sortit de voiture, l'oreille aux aguets. Il s'arrêta à la porte de leur chambre. Il le sentait déjà. Quelqu'un était passé par là. D'après lui, il y avait eu trois personnes, dont l'une qui puait la clope comme la réceptionniste du motel. Il enfonça la clé dans la serrure et ouvrit vivement la porte. Mais elle n'était plus là. Quelqu'un l'avait emmenée. Il ressortit de la pièce en prenant de grandes inspirations. Dans quelle direction ? Son odeur disparaissait sur le trottoir, indiquant qu'on l'avait emmenée dans un véhicule. Il repensa à la voiture qu'il avait croisée en revenant de la station-service. Ça devait être ça. Il fonça dans sa voiture et appela Ulric en démarrant en trombe. Dès que son ami décrocha, il lâcha :

— Brandy a disparu.

C'était douloureux de le dire à travers sa mâchoire crispée.

— Oh putain.

— Je crois que j'ai peut-être vu la voiture qui l'a emmenée.

Il fonça sans se soucier de la limitation à soixante-dix kilomètres-heure qu'il dépassa allégrement. Son SUV pouvait gérer ça.

— Ne te tue pas, le gronda Ulric. Ton cadavre ne sera pas d'une grande aide à Brandy.

Il ne ralentit pas. Entre l'obscurité et la vitesse, il manqua presque la voiture garée dans les bois. Ses phares illuminèrent brièvement les réflecteurs des feux arrière quand il passa à côté. Il écrasa la pédale de frein et fit marche arrière.

— J'ai peut-être trouvé la voiture, souffla-t-il à Ulric. Je t'envoie ma position.

Du pouce, il épingla les coordonnées sur une carte qu'il envoya par SMS à Ulric.

— Peut-être que tu devrais attendre des renforts.

— Pas le temps. Je vais jeter un œil.

Il raccrocha et sortit du véhicule pour inspecter les lieux. Il n'y avait personne dans la voiture, mais il n'avait pas besoin d'ouvrir la portière pour sentir l'odeur de Brandy.

Elle était là. Dans les bois. En danger. Cela suffit à faire sortir sa bête.

CHAPITRE 1

Brandy se réveilla dans une grotte. Sérieux. Puante, en grande partie plongée dans la pénombre puisque la seule source de lumière était une lanterne posée au sol. La faible lueur ne permettait pas de voir le plafond ni une grande partie du sol. C'était probablement une bonne chose parce que l'odeur rance n'inspirait pas confiance. Comment s'était-elle retrouvée là ?

La dernière chose dont elle se souvenait c'était d'avoir ouvert la porte du motel en s'attendant à voir Billy. Au lieu de quoi, elle avait trouvé la réceptionniste et deux grands types qui lui avaient foutu un chiffon malodorant sur le visage.

Elle avait de nouveau été droguée. Oups. Billy allait péter un câble. S'il allait bien. Est-ce qu'ils s'en étaient pris à lui d'abord ?

Elle se redressa et remarqua qu'elle avait été allongée sur un lit de vêtements. Littéralement : des t-shirts, des pantalons, même des vestes empilés à même le sol gluant.

Attendez. C'était des crottes. Des crottes de chauve-souris. À peine la pensée lui apparut-elle qu'un bruit de froissement au-dessus de sa tête lui fit resserrer ses bras contre son torse. Pourquoi y avait-il autant de chauves-souris dans sa vie, dernièrement ?

— Te voilà enfin réveillée, mon amour.

Ce n'était pas possible. Cette voix. Cette formulation... Un profond frisson la parcourut.

— Clive ?

Elle espérait vraiment se tromper. Cela faisait si longtemps.

— C'est moi, mon amour.

Il entra dans la lumière, changé, et pourtant reconnaissable. Son taré d'ex. Sa peau était rebondie et rosie, ses lèvres d'un rouge brillant, ses yeux tout noirs. Ses cheveux pendaient mollement, graisseux. Le choc faillit faire tomber Brandy sur ses fesses et elle murmura faiblement :

— Je croyais que tu étais en prison.

Derrière des barreaux, là où était sa place. Cela faisait des années qu'elle n'avait même plus pensé à ce bref moment de folie. N'aurait-il pas dû dépasser cette obsession depuis le temps ?

— Ah oui, ma prison. Une punition rendue d'autant plus terrible que je savais que tu devais être si désespérée de notre séparation. Maudits soient les enfoirés qui ont conspiré pour nous éloigner l'un de l'autre.

Dix ans, et il croyait toujours qu'ils étaient ensemble. Elle avait vraiment évité un mauvais plan quand elle avait rompu avec Clive. Il avait réussi à dissimuler sa folie pendant un moment. Mais une fois qu'elle avait compris, elle avait pris des mesures. Il ne risquait pas de lui faire du mal et pourtant elle n'avait jamais été plus heureuse que quand il avait pris une peine de prison à perpétuité. Le cambriolage à main armée lui avait valu une arrestation, et ensuite, ils avaient fait le lien entre lui et des femmes assassinées. Il était bon pour passer un très long moment en prison et elle avait repris le cours normal de sa vie.

Apparemment, il n'en avait pas fait de même.

Plutôt que de réagir à sa folie, elle demanda :

— Où sommes-nous ?

— Dans mon palais.

Il fit un grand geste de la main.

— N'est-ce pas superbe ?

— C'est une grotte remplie de crottes de chauve-souris.

— C'est comme ça que tu me remercies de te fournir une maison ?

Le timbre de sa voix était tombé, menaçant. Brandy ne s'écrasa pas. Ça ne suffirait pas. Clive était psychotique.

— Dans une maison, on trouve des choses comme des meubles, de l'eau chaude, une cuisine et des fenêtres pour laisser entrer le soleil.

— Ingrate.

— Je sais. C'est dégueulasse de ma part et c'est pour ça qu'il vaut mieux que je parte.

— Ne m'en veux pas, mon amour. Quel que soit le problème, je suis sûr qu'on peut le surmonter. Tu n'as pas besoin de partir. Pas après tout ce que nous avons souffert. Maintenant que nous sommes réunis, nous allons pouvoir être ensemble.

Il baissa sa voix d'une octave pour ajouter :

— Pour toujours.

Ça aurait été plus flippant s'il ne s'était pas mis à rire comme le méchant dans un film. C'était juste ridicule.

— Clive, combien de fois faut-il que je te dise que nous ne sommes plus ensemble ?

Elle avait cru qu'une fois en taule ce serait fini, mais non. Il avait continué à appeler. Alors elle avait changé de numéro et le harcèlement s'était arrêté. Elle n'aurait jamais imaginé qu'il serait toujours obsédé par elle des années plus tard.

— Comme si j'allais t'écouter. Toi et moi nous sommes faits l'un pour l'autre.

— Non. Je suis passée à autre chose. Je suis avec quelqu'un d'autre désormais.

— Gruff.

C'était quasiment un sifflement.

— Comment tu sais pour Billy ?

— Parce que je te surveillais. Ça m'a pris une éternité de te trouver et j'ai dû être prudent pour éviter qu'ils n'essaient de nous séparer. Tu n'as pas eu mes messages ?

— Quels messages ? demanda-t-elle.

Ses lèvres se crispèrent quand elle comprit. Les mails qu'elle avait reçus, les SMS, ce devait être Clive. Découvrir qu'il l'avait espionnée et lui avait envoyé des messages menaçants, qu'il avait préparé cela depuis tout ce temps, ça la faisait se sentir mal.

— Comment ça se fait que tu sois déjà sorti de prison ?

Avait-elle manqué une occasion de témoigner à l'audition pour sa libération probatoire pour rappeler aux juges qu'il n'était pas un type bien ?

— Par un beau coup de chance. J'ai passé beaucoup de temps en confinement. Ces enfoirés n'arrêtaient pas de dire que j'étais un danger pour les autres. C'est là que j'ai découvert son existence.

— À qui ?

— Le gardien de nuit. C'était juste une couverture. Il ne venait pas la nuit à cause de son allergie à la lumière du soleil, mais parce que c'était le meilleur moment pour lui pour se nourrir. Chaque soir, un prisonnier différent en isolement. C'est moi qu'il venait voir le plus souvent parce que je refusais d'obéir à leurs stupides règles. Au début, je ne pouvais rien faire quand il se nourrissait de moi. Mais avec le temps, le pouvoir qu'il avait sur moi a fini par baisser. Je me suis habitué au venin de sa morsure. Lors de sa dernière tentative, j'ai juste fait semblant d'être sous son sortilège. Tu aurais dû voir sa surprise quand j'ai renversé la situation.

Clive eut un sourire qui était davantage une grimace grotesque.

— Ce soir-là, c'est moi qui me suis nourri de lui. J'ai bu jusqu'à la dernière goutte. Et puis je suis devenu ce qu'il était.

Il dévoila ses canines.

— Tu peux deviner ce que ça veut dire ?

— Est-ce que tu essaies de dire que tu es un vampire ? demanda-t-elle, sceptique.

Elle les avait toujours imaginés plus suaves que ce psychopathe à la noix qui avait perdu ce qu'il avait pu avoir de sexy à l'époque.

— En chair et en os. Et maintenant, j'ai ma reine. Ensemble, nous régnerons sur la nuit depuis mon palais.

Il étendit le bras comme si c'était un rêve devenu réalité.

Pitié, qu'on la sauve de ce vampire complètement fracassé.

— Je vais être obligée de dire non, mais merci pour la proposition.

Elle commença à partir dans une direction, n'importe laquelle, mais s'arrêta à sa phrase suivante.

— Tu ne m'échapperas pas et ne t'attends pas à ce qu'on vienne te sauver non plus. Si Gruff essaie de me suivre, il le paiera de son sang.

— Laisse Billy en dehors de ça. Il ne t'a rien fait.

— Ah bon ? Il m'a foutu derrière les barreaux et il m'a volé ma copine, cracha Clive.

— Il ne t'a rien volé du tout. On avait rompu. Tu étais en prison. Je suis passée à autre chose. Et regarde-toi, tu es désormais un homme libre. Tu peux avoir n'importe quelle femme.

Cela dit, elle conseillerait à toutes les femmes qui croiseraient son chemin de fuir rapidement dans l'autre direction.

— Je te veux.

Une déclaration glaçante. Avant qu'elle puisse répliquer, un hurlement lointain lui donna la chair de poule. Un loup. Se pouvait-il que ce soit son loup ? Il fallait qu'elle gagne du temps.

— Comment m'as-tu trouvée ?

— Très difficilement. Mes premiers sbires qui sont sortis de prison avec des instructions ne les ont pas suivies. C'est plus difficile de les contrôler à distance.

— Tes sbires ? Tu es quoi, genre le méchant dans un

film de superhéros ? Tu comptes te laisser pousser une moustache ?

— Ne te moque pas de moi.

Il fit un pas en avant. Elle recula d'autant.

— Alors, ne dis pas des trucs de dingue. Combien de gens tu as manipulés pour qu'ils t'aident ?

Combien de personnes se dressaient-elles entre la liberté et elle ?

— Trop pour les compter. Je n'étais pas très doué pour ça au début. Mais une fois que j'ai été capable de me nourrir correctement, c'est devenu beaucoup plus facile. *Maintenant, je peux juste me glisser dans leur esprit et m'en emparer.*

Le murmure la frappa de plein fouet, car il venait de l'intérieur de sa tête !

Elle écarquilla les yeux.

— Reste hors de mes pensées.

Non. Il n'avait même pas hésité.

Je n'ai pas attendu toutes ces années pour que tu joues les filles difficiles à conquérir.

Il ne la touchait même pas, mais elle frissonna de dégoût.

— Tu ne m'as toujours pas dit comment tu m'avais trouvée.

— Par accident. Comme je voulais me venger de Gruff, j'ai envoyé mes sbires à sa recherche. Tu étais sur certaines des photos qu'ils ont prises de lui pendant qu'ils le surveillaient.

Cette histoire de surveillance était perturbante, surtout qu'elle et Billy n'étaient sortis en public ensemble que quelques fois, mais il y avait un plus gros problème.

— Tes emails ont commencé avant que je rencontre Billy.

— C'est parce que mon avocat a trouvé l'adresse que tu utilisais pour avoir des nouvelles de l'affaire. Je savais que tu tenais toujours à moi.

Elle avait envie de vomir. Cet email avait été configuré anonymement avec une redirection vers son compte principal. Elle avait tout fait pour mettre des barrières entre elle et Clive. Mais il l'avait quand même retrouvée.

— Et tu as envoyé tes hommes de main me kidnapper, accusa-t-elle.

— Non, mes sbires comptaient s'en prendre à Gruff, alors imagine la surprise quand ils l'ont suivi jusqu'à un mariage et qu'il s'est avéré que tu étais sa cavalière. Le plan a changé à ce moment-là.

— Et tes ordres ne posaient pas problème à ces voyous ?

— Ce ne sont pas juste des ordres. Ils sont mes serviteurs. Ils suivent mes commandements.

— Parce que tu utilises ta magie de vampire sur eux.

— Ils sont heureux de me servir. Je vais te montrer.

Il claqua des doigts.

— Amenez-la-moi.

Des hommes surgirent des ombres dans son dos, toujours vêtus de leur uniforme de prisonniers.

— Tu as entendu le patron, cracha le barbu. Il veut la fille.

Et Brandy voulait se tirer d'ici.

Une nouvelle lueur se révéla être quelqu'un qui entrait dans la grotte en tenant une lanterne devant lui.

— Patron, je crois qu'on a…

C'est tout ce qu'il eut le temps de dire avant de se faire renverser.

Le loup qui l'avait fait tomber le piétina dans sa hâte pour entrer dans la grotte. Sa fourrure blanche brillait, mais moins que son regard, fixé sur Clive.

— Tuez le clébard ! s'écria Clive en le désignant du doigt.

Ses sbires délaissèrent Brandy.

— Ce n'est pas un chien, déclara-t-elle avec défi. Dites bonjour à mon petit ami, Billy. Est-ce que j'ai oublié de mentionner que c'est un loup-garou ?

CHAPITRE 19

Devant la voiture abandonnée, Billy ne put contrôler sa métamorphose abrupte, tout comme il ne pouvait mettre son loup sous clé une fois qu'il s'était libéré. À peine ses quatre pattes furent-elles en contact avec le sol qu'il se mit à courir avec un seul impératif : trouver Brandy.

Il fonça dans les bois en suivant sa piste olfactive, conscient que ses ravisseurs n'avaient pas beaucoup d'avance sur lui. Ce sur quoi il ne comptait pas ?

Être attaqué par au-dessus.

Quelqu'un atterrit sur son dos, un humain d'après l'odeur et la forme, et pourtant différent. Il essaya d'utiliser ses dents plates pour mordre. La fourrure de Billy le protégea de cette tentative pathétique. Il rua pour le faire tomber avant de lui sauter dessus pour lui démontrer comment on tuait en mordant.

Le type suivant essayait de cacher sa silhouette corpulente derrière un arbre trop petit pour ça. Il avait un pistolet, ce qui aurait pu corser les choses s'il avait su s'en servir. Il n'eut le temps de balancer que trois tirs maladroits avant que Billy soit sur lui.

Et un autre en moins.

Il ne savait pas combien il en restait parce que les deux dont il venait de se débarrasser n'étaient pas ceux qu'il suivait. Pire, ils l'avaient distrait de sa mission.

Sauver Brandy.

Il fallait qu'il revienne en arrière pour localiser son odeur. Il se trouva attaqué à nouveau par nul autre que la réceptionniste. Il avait été idiot. Ils n'auraient jamais dû s'arrêter. En même temps, comment aurait-il pu prédire que l'influence de Clive s'étendait si loin.

Ce qu'il ne comprenait pas ? Le désir enragé que ces gens avaient d'aider Clive. Le type qu'il se rappelait avoir arrêté n'avait pas une once de charisme et ne s'en sortait que par sa belle gueule.

Quand une balle érafla ses côtes, il hurla à la lune. Sa fourrure se retrouva baignée de sang suite à une morsure à la carotide. Il se laissa submerger par la soif de sang et son agacement envers les vermines qui se dressaient sur son chemin. Plutôt que d'attendre qu'elles l'attaquent, il changea de tactique et se mit à les pister pour les éliminer de l'équation un à un. Un seul put s'enfuir. Billy l'avait laissé partir exprès et le suivit en le gardant en vue tandis qu'il traversait la forêt vers le pied d'une montagne. L'homme escalada l'escarpement rocheux, s'arrêta sur une corniche et alluma une lanterne laissée là avant de disparaître à l'intérieur de la montagne.

Billy franchit le terrain caillouteux à toute allure, fonçant vers la crevasse horizontale qui faisait au moins trois mètres de hauteur et la moitié en largeur. Il fut assailli par une multitude d'odeurs en entrant dans la montagne. Des crottes de chauve-souris. De rats. D'autres créatures. Même un ours. Mais par-dessus tout, le sang, la mort et quelque chose d'inconnu. Quelque chose d'autre.

Son loup eut un mouvement de recul à cette odeur, mais Billy continua à avancer. Brandy était passée par là récemment.

Un faible murmure de voix s'élevait devant lui et l'une d'elles était clairement féminine.

Le boyau s'élargit et, devant lui, il apercevait la personne qui était entrée avant lui, qui se tenait là comme sur le seuil, et s'adressait à quelqu'un.

— Patron…

Billy ne l'entendit plus dès qu'il vit à l'intérieur de la grotte et aperçut Brandy. Elle était là, apparemment indemne, superbe dans son attitude pleine de défi.

Il bondit et renversa l'homme qui bloquait son passage, le faisant tomber au sol avec sa lanterne. La grotte se retrouva suffisamment illuminée pour qu'il distingue ce tableau étrange. Le type qui portait une cape en lambeau. Un homme qui devait être Clive, mais qui avait l'air hagard.

— Tuez le clébard ! exigea Clive et ses sbires tournèrent leur attention vers Billy.

— Ce n'est pas un chien, déclara Brandy avec défi. Dites bonjour à mon petit ami, Billy. Est-ce que j'ai oublié de mentionner que c'est un loup-garou ?

— Je m'en fiche. Qu'est-ce que vous attendez ? Abattez-le, exigea Clive en désignant Billy.

Trois brutes s'avancèrent. Il en reconnut deux comme étant les frères qui avaient été impliqués dans une série de cambriolages violents qui avaient laissé un sillage de femmes traumatisées ou assassinées. Il ne ressentit rien du tout en attaquant, visant le bas pour faire basculer les jambes de l'un avant de se tourner et de plonger vers l'autre dont il mordit la cuisse. Il attendit d'entendre un bruit de craquement avant de lâcher. Clive rugit de rage.

— Espèces de nuls, faites quelque chose !

Au lieu de quoi, le troisième larron s'enfuit en criant les mains, sur les oreilles :

— Je n'entends rien. Lalala lala.

Billy n'avait pas le temps de chercher à comprendre ce qu'il se passait au juste.

Brandy, un sourire aux lèvres, la tête haute, visiblement de bonne humeur, déclara :

— Mon petit ami le loup-garou va te botter les fesses.

Petit ami ?

Clive le fixa, l'air légèrement amusé.

— Un loup-garou, carrément. C'est inattendu et en même temps pas vraiment. Après tout, regarde-moi, je suis bien un vampire.

Vampire ? Voilà qui expliquait l'odeur.

Clive grimaça comme s'il l'avait entendu. Si Billy avait eu une bouche humaine, il aurait dit quelque chose du style : tu es fichu, glandu. À sa grande surprise, il reçut une réponse :

On n'a même pas encore commencé, Cabot.

Il s'ébroua vivement comme pour se débarrasser de la voix à l'intérieur de sa tête.

— Billy ?

Il entendait Brandy. Il entendait aussi le murmure insidieux : cours et saute de la montagne. Vole.

Il lutta contre l'envie d'obéir.

Et si tu bouffais tes papattes ?

Il avait sûrement très bon goût, mais il tint bon.

Plutôt que d'attendre pour voir si les attaques mentales finiraient par marcher, Billy s'élança vers l'autre enfoiré en courant à toute vitesse, prêt à l'égorger. Alors qu'il était assez près pour voir l'amusement dans le regard sombre de Clive, la voix cria *Arrête !*

Il trébucha et atterrit truffe la première. Il se reprit rapidement et se jeta dans les jambes de Clive qu'il fit tomber.

La voix dans sa tête hurla *Ne lutte pas.*

Genre.

Il donna un coup de dents et manqua de peu les mains qui s'agitaient pour protéger les points sensibles et vulnérables. Enfin, il réussit à enfoncer ses crocs dans une paume et Clive poussa un glapissement.

Ce n'est pas censé arriver.

Billy le regrettait lui aussi, car son sang avait un goût dégueulasse.

— Tu n'aurais pas dû faire ça, grogna Clive dont le corps était soudain brûlant et tremblant.

Quand il commença à se métamorphoser sous lui, Billy se jeta sur le côté. Clive passa d'un vampire bouffi à une chauve-souris immonde. La créature se tourna vers lui. Ses yeux n'étaient plus des cercles sombres, mais des abysses enflammés. Il siffla et plongea, rapide et précis, comme s'il savait de quel côté Billy plongerait. Clive la chauve-souris le frappa avec force et l'envoya au sol où ils glissèrent tous les deux dans les crottes de chauve-souris gluantes. Dégueulasse. Billy se débarrassa de la chauve-souris et se dressa sur ses quatre pattes en grondant. Il eut à peine le temps de se préparer que Clive était sur lui, à donner de grands coups de griffes et à essayer de mordre avec ses dents. Une bande dans son dos se mit à brûler et un glapissement franchit son museau.

— Laisse-le tranquille, hurla Brandy.

Pourquoi ne s'enfuyait-elle pas ?

Billy avait peut-être commencé ce combat en étant confiant, mais c'était quand il pensait avoir affaire à un homme. Contre un vampire qui lisait dans son esprit et pouvait prévoir ses mouvements...

Le prochain coup de ses griffes tranchantes comme des rasoirs lui laissa une sensation de froid intense. Billy percuta le sol, la respiration rapide, et Clive s'agenouilla à côté de lui. La chauve-souris vampire siffla et dévoila des canines avec lesquelles Billy pensait bien qu'elle était capable de le vider de son sang. Il écarquilla les yeux en voyant le bout d'un bâton pointu traverser le torse de Clive. La chauve-souris poussa un hoquet, tressauta et tomba à l'écart de Billy où elle parvint à peine à ramper quelques pas avant de s'effondrer. Voilà que Brandy était à genoux à côté de lui et qu'elle serrait sa tête sur ses genoux.

— Billy ! Parle-moi.

Il entrouvrit un œil et parvint à pousser un ouaf ! pas très digne d'un loup.

— Mon chéri.

Elle le serra fort dans ses bras.

— J'ai eu si peur pour toi. Ça m'aurait vraiment

embêtée de voir l'homme que j'aime mourir devant mes yeux.

L'homme qu'elle aimait.

Le choc de cette révélation le fit se métamorphoser et Brandy eut l'air plus fascinée que dégoûtée par le processus.

— Mon cœur fut la première chose qu'il dit.
— Billy.

Elle soupira son nom et se pencha pour l'embrasser quand ils l'entendirent.

Un bruissement. Le temps qu'il parvienne à regarder derrière elle, Clive était en train de s'enfuir.

— On ne peut pas le laisser s'en tirer comme ça.

Oubliant ses blessures, Billy sauta sur ses pieds et s'élança après Clive sans savoir ce qu'il ferait une fois qu'il l'aurait rattrapé. Ce n'était pas avec ses deux poings et la queue à l'air qu'il allait pouvoir être très efficace contre un truc qui avait des crocs acérés. Il n'y avait qu'à voir son dos tout laminé. Il arriva à l'entrée de la crevasse juste à temps pour voir la chauve-souris bondir dans les airs et battre des ailes tout en lançant un dernier message mental.

Je reviendrai.

C'était presque choquant que ces mots ne soient pas prononcés avec l'accent de Schwarzenegger.

Brandy émergea de la grotte en courant et hurla

— Quelque chose a énervé les chauves-souris !

En effet, il entendait le frémissement de leurs ailes de cuir. Il eut juste le temps de plaquer Brandy contre la paroi de la grotte avant que les chauves-souris ne débarquent dans un nuage qui volait n'importe comment dans toutes les directions avant de former une nuée cohérente.

Elles enveloppèrent Clive, l'enserrèrent en un nuage de petits corps qui le submergeait. Clive chuta en battant des ailes et en criant dans sa tête *À l'aide !*

La pression dans l'esprit de Billy disparut au moment où Clive frappa la cime d'un arbre mort et s'empala sur le tronc.

— Il est mort cette fois ? demanda Brandy en mâchonnant sa lèvre inférieure.

— Je ne sais pas. Mais on n'a qu'à attendre un petit peu ici juste au cas où.

Un ennemi qu'ils pouvaient voir était toujours mieux que l'ennemi qui pouvait leur tendre une embuscade.

— Il te faut des vêtements et des bandages.

Avant qu'il puisse l'arrêter, Brandy se précipita dans la grotte et en émergea avec une pile de fringues qu'elle avait récupérées parmi celles les moins couvertes de crottes de chauve-souris.

Il avait beau affirmer que ça allait, elle insista pour examiner ses griffures en s'énervant parce qu'elle ne pouvait pas les nettoyer correctement.

— Et si ces chauves-souris avaient la rage ? s'exclama-t-elle.

— Le pire qu'il puisse m'arriver c'est une infection de courte durée.

Ses gènes de Lycan le rendaient coriace.

Assis côte à côte sur la corniche, ils surveillèrent le corps de Clive tandis que la nuit se transformait en aube. Les premiers rayons du soleil causèrent un processus chimique sur le cadavre de la chauve-souris géante qui était à la fois dégoûtant et fascinant.

— Il fond ! s'écria Brandy dans une parfaite imitation de la sorcière dans Le Magicien d'Oz.

C'était une femme qui, en dépit de tout ce qui s'était passé, gardait un bon sens de l'humour.

— Je t'aime, lâcha-t-il.

Et sa réponse de petite maline ?

— Je sais.

ÉPILOGUE

Les cousins de la campagne arrivèrent à la rescousse peu après l'aube. Apparemment, Ulric les avait contactés pour donner un coup de main, car ils étaient les plus proches.

Lesdits cousins — ils n'étaient pas vraiment de la famille de Billy à moins que la lycanthropie compte — s'occupèrent des cadavres et des nombreuses voitures abandonnées le long des routes dans cette partie de la forêt. Ils feraient disparaître tout ça.

Billy porta une Brandy qui protestait jusqu'à son SUV et les ramena au motel où ils pourraient prendre une douche et s'assurer que toutes leurs affaires étaient emballées.

Quand il fut temps de partir, l'un des cousins se porta volontaire pour ramener la voiture de location de Brandy en ville, comme ça ils pourraient rentrer dans le même véhicule.

Cela s'avéra être un choix dangereux. Brandy lui fit une fellation pendant qu'il conduisait avec pour seul ordre :

— Ne plante pas la bagnole.

Il finit par se garer sur le côté et lui montra pourquoi il aimait son énorme SUV en abaissant les sièges à l'arrière. Elle se déshabilla à la seconde où elle comprit qu'il leur avait fait un lit. Il la rejoignit et l'embrassa comme s'ils n'avaient pas fait l'amour deux fois déjà sous la douche. Cette fois, c'était purement pour le plaisir et pas à cause du soulagement d'avoir survécu tous les deux.

Il se glissa en elle et grogna tant elle était exquise et serrée. La perfection. Elle ondula des hanches sous son corps. Les doux halètements de la jeune femme l'électrisèrent. Ils atteignirent l'orgasme en même temps et jouirent sans retenue. Alors que le plaisir le parcourait, il la mordit au même endroit qu'avant, mais cette fois c'était intentionnel et il murmura :

— Ma compagne.

Et il n'aurait pas pu être plus heureux. Parce que Brandy lui avait appris qu'en faisant le choix de rester seul et malheureux, il laissait ses parents gagner. Ce n'était qu'en s'autorisant à être heureux qu'il pouvait briser le cycle de la violence et de la détresse.

C'est pour ça que quand ils furent de retour en ville, il commença à voir un psy et quand il se sentit prêt, il donna à Brandy une clé de son appartement et lui dit simplement :

— Je t'aime. Emménage avec moi.

Brandy renifla.

— Mec, ça fait dix jours que je ne suis pas rentrée chez moi. Il y a des tampons dans ta salle de bain.

— C'est un oui ? grommela-t-il.

Elle sourit.

— Même si tu le voulais, tu n'arriverais pas à te débarrasser de moi.

Tant mieux, parce qu'il avait repéré une bague et il espérait pouvoir l'appeler sa femme d'ici l'année prochaine.

~

Le nouveau chaton d'Ulric explorait sa chevelure, une source de fascination inépuisable pour la bestiole. C'était la faute à Brandy. Quand elle était rentrée et lui avait demandé qu'il lui rende son chat, il avait découvert que le félin lui manquait. D'où la décision soudaine d'en adopter un. Ce n'était pas un remplacement pour l'amour, mais cela l'aiderait à remplir ce vide pendant qu'il cherchait la bonne. Et il essayait. Il était sorti avec toutes sortes de femmes à la recherche de la bonne. Hélas, la seule minette qui s'intéressait à lui faisait deux kilos et avait choisi de venir renifler sa barbe et s'était emmêlée dedans. Sérieusement coincée. Les pattes, les griffes... le pauvre chaton avait l'air bien bloqué. Cela dit, elle ne paniqua pas. Ulric n'avait plus qu'à foncer chercher de l'aide.

Comme il ne voulait pas avoir à gérer les moqueries de sa meute ni faire mal à sa petite princesse en essayant de l'extirper de cette situation, il choisit d'aller voir le vétérinaire au coin de la rue – qui était ouvert jusqu'à huit heures les mardis, il avait bien de la chance.

Ce qui était moins idéal ? La femme absolument superbe qui posa un regard sur lui et éclata de rire. Ulric n'était pas d'humeur badine. Parce qu'en posant les yeux sur le Dr Iris, cela le frappa comme un coup de tonnerre.

Je l'ai trouvée. La bonne.

Et pas de pot, elle portait une alliance.

Préparez-vous pour le prochain tome de la série *Des Lycans dans la ville*, *La Rencontre du loup*.

www.ingramcontent.com/pod-product-compliance
Lightning Source LLC
LaVergne TN
LVHW031538060526
838200LV00056B/4557